魔女沬沬的另類修行

魔女不可怕

1

蘇飛 著

Tamaki 繪

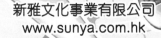
新雅文化事業有限公司
www.sunya.com.hk

目錄

角色介紹

羅賓

魔女沫沫的修行助使，牠是一隻十分囉嗦的知更鳥。

沫沫

小魔女，十歲，具有神秘的魔覺力。外表與人類相似，但長得十分矮小。她臉色雖有些蒼白，神情也很冷酷，卻宛如洋娃娃般精緻美麗。有時沫沫為了幫助人類，會違規使用魔法。

齊子研

小魔女，十一歲。聰明而有點高傲，個性外向而衝動，總是魯莽行事，沒有耐性，脾氣來得快也去得快。

喬仕哲

小魔子，十一歲。子研的表哥，是守規矩的乖乖紳士，不喜歡觸犯規則是因為不想讓自己陷入危險或不好的事情當中。

房米勒

小魔子，十一歲。魔法力不高，常被同輩欺負，但為人熱情憨厚，總是熱心助人。口頭禪是「你不知道」。

嚴農

沫沫的養父，是魔侍中的貴族。由於擅長煉藥，被人稱為魔法藥聖。

魔侍知識

對換力
可將兩個物體對換過來。

咒語：
安塔雷及，換！

轉移力
將力量轉移到另一個物體。

咒語：
沒達佛拉，轉移！

隱身力
讓自己隱去身影。

咒語：
拉浮雷雅，隱身！

隱形力
能讓一定範圍內的物體隱形。

咒語：
奪拉多斯，隱去！

飛行力
可以騰空飛行。

咒語：
提希而，騰空！

速度力
能使速度加快。

咒語：
德起稀達，速！

催眠力
能讓物體睡去。

咒語：
系諸絲，眠！

質變力
能改變物體的質地。

咒語：
比歐提該亞拉奇！

魔侍手冊

每個魔侍都有一本魔侍手冊，翻開第一頁即寫明魔侍必須遵守的守則。

魔侍們還可以透過魔侍手冊查找所需資料，比如找出需要幫助的人類資料、煉藥小屋可以安置的地方等等。

綠水石

一塊晶瑩剔透、大小有如一顆雞蛋的暗綠色石頭，屬於稀有魔法物品。

通過它，魔侍能看到某個人類的行動與狀況。它還具有預示危險事件的魔力及視像通話功能。

魔法緞帶

一種特殊魔法道具，必須通過提煉而成。有各種不同功能的魔法緞帶，比如變形緞帶、搬運緞帶、移行緞帶等等，每種緞帶具有不同顏色。

魔法手印

兩掌掌心朝上，拇指捏住中指，往中心移動使兩手食指相連。動作是輔助專注意念，高階魔侍無需動作也可施行魔法力，但低階魔侍通常需要動作輔助，讓意念專注才能有效發揮魔法力。

這些都只是最基礎的魔侍知識。若想提升魔法力，你就要多留意書中提到的各種知識了！

⊱魔侍守則第一條⊰
不能用魔法有意傷害人類。

⊱魔侍守則第二條⊰
與人類保持距離，
不能與他們成為朋友。

⊱魔侍守則第三條⊰
守護人間正義及秩序，
有能力者必須幫助地球上
需要幫助的人。

引子

　　在很深很深的叢林裏頭，住着一羣不為人知的特別物種——魔侍。

　　魔侍的外觀與人類相似，他們與人類最大的分別，就是擁有某些特殊的神秘力量——魔法力。

　　魔侍與世無爭，熱衷於修行，並分為三個族羣——費族、仁族和松族。

　　他們與人類一樣有男女之分，男的被稱為魔子，女的則喚作魔女。

　　魔侍與人類原本河水不犯井水，互不相干。直到某一天，一位人類踏入他們位於叢林深處的家園……

從此，人類便與他們扯上了關係。

叢林周邊的小城鎮開始有一些關於他們的流言蜚語，甚至有人傳唱：

潘朵拉的盒子開啟了
在東方最隱秘的森林
魔女狂妄起舞
酷暑夏至來臨
眾星繞月之時
傲慢人類承受浩劫

魔侍不喜歡人類對他們的誤解，因此他們之中有些人走出叢林，來到人類的世界。

如果你遇見了他們，是幸運，還是不幸呢？

第一章
從未見過的小屋

凱文氣沖沖地跑出家門。

母親剛剛大聲斥責他的話在凱文耳邊響起：「沒用的兒子！快滾出去！」

凱文跑得更起勁了。他的眉毛因**憤怒**而呈倒八字，嘴角下彎成英文字母「n」，但含着淚水的眼眶卻藏不住內心的悲傷和委屈。

「你以為我不敢離家出走嗎？可惡的媽咪！不，你才不是我媽咪！」凱文扯開喉嚨叫喊。

他強忍住淚水不讓它落下，通過巨大的怒吼來釋放心中的憤怒！

「啊——」

凱文用盡力氣**奔跑**，想永遠逃離這個令他氣憤不已的家。

直到他雙腿痠軟，再也跑不動時，他停了

下來。

　　凱文累極了，但他現在好像沒那麼生氣了。他喘了幾口大氣，剛抬起頭，卻發現眼前有憧屋子。

　　這屋子簡直是童話故事才會出現的房屋。半圓形的窗户，屋頂上有着大大小小的煙囱，外牆還爬滿了植物，就像已經在這裏好多年。

　　「奇怪，這裏什麼時候建了一間小屋？」

　　凱文記得這一帶並沒有這樣奇特的房子。

　　小屋散發昏黄的光影，在四周黝黑的樹林襯托下顯得陰森森。啊！有個影子在其中一個半圓形窗户晃過！

　　凱文嚇得打了個冷顫。

　　「有人住在裏頭？是誰呢？」

　　凱文禁不住好奇，小心翼翼地走了過去。

　　凱文來到窗邊，屋內微弱的光竟突然暗下。凱文鼓起勇氣靠近窗

戶，想看清楚屋裏的情況，誰知一個人影卻顯現於窗前！

凱文大叫一聲往後跌去，他腦海浮現童話故事裏頭的情節：主角來到樹林中的小屋，然後遇到可怕的吃人巫婆……

「我……我不會被吃掉吧？」凱文心想着，害怕得整張臉都皺了起來。

凱文死死盯着那張漸漸清晰的臉，腦海浮現了各樣可怕的面貌，但那張臉與他的想像差了**天高地遠**。

那是一張很好看的面孔，臉色雖有些蒼白，神情也很冷酷，卻宛如洋娃娃般精緻美麗。

「像洋娃娃一樣的巫婆？」凱文心中仍舊揮不去巫婆的想法。

凱文張大嘴巴望着眼前的「洋娃娃」，望得出了神。這時，窗前的「洋娃娃」嘴唇動了一動，凱文深怕巫婆要唸出咒語，趕緊沒命地拔腿逃開！

　　凱文逃到家門口，**驚魂未定**地嚥一下口水，母親卻突然拉開大門，朝他罵道：「不是要離家出走嗎？怎麼那麼快便回來？」

　　凱文皺緊眉頭，憋着氣，快快走進屋，再「砰」的一響，用力關上房門。

　　母親懊惱地站在門邊。剛才凱文衝出家門時她明明擔心得**坐立不安**，頭髮大概都白了幾根，現在凱文回來了，她卻説不出一句好話。

　　她瞄向凱文緊閉的房門，不禁呵口氣。

　　這孩子什麼時候變得這麼愛頂嘴？動不動就發脾氣，説他兩句就像被踩到尾巴的小狗，亂喊亂叫，還想離家出走……唉！以前的他是多麼貼心、可愛，總是**圍繞**在她身邊媽媽長媽媽短地説個不停呢！

　　凱文的母親望向客廳櫥櫃上的照片，那些照片全是凱文的成長印記。她嘴角微揚，想起小時

候的凱文，她還是開心的。

　　「或許我不該對他有太多意見，現在的孩子都不喜歡被父母煩……」

　　她開啟了電視機，邊「滑」手機邊看最近很火紅的一部古裝劇，顯得心不在焉。

第二章
囉嗦的修行助使

　　昏暗的小屋較之前亮了一些。屋裏頭，是剛才凱文看見那名**五官細緻**、宛如洋娃娃般漂亮的「魔女」——沫沫。

　　沫沫嘴唇動了一下，剛剛她想要跟小男孩凱文打聲招呼，可惜她還沒來得及說話，小男孩已經逃之夭夭。

　　外貌冷酷的沫沫木無表情地眨一下眼，從窗邊走了回去。

　　她專注地盯着一塊**晶瑩剔透**、大小有如一顆雞蛋的暗綠色石頭。這石頭名為綠水石，是許多魔侍夢想擁有的稀有魔法用品。

　　她伸出雙掌，在距離石頭約五厘米的地方做出環抱石頭的姿態。突然，一股電光從她的手掌間流出，附在綠水石上！綠水石瞬間發出五彩光

芒，映照得屋裏光影斑駁，煞是漂亮！

沫沫神色凝重地看着綠水石顯現的影像。裏頭居然有個小凱文！

小凱文眼角流下兩行眼淚，他氣急敗壞地用力擦去淚水，把房裏的東西胡亂扔到地上。一晃眼，畫面轉成凱文的母親低頭滑着手機的樣子，她似乎已將凱文離家出走的事忘得一乾二淨了。

沫沫扁扁嘴，皺着眉，嘖了一聲，道：「看來得幫一幫他們，不然他們是不會明白的……」

沫沫雙手離開綠水石，轉過身打開魔侍獨有的魔侍手冊，快速地寫入文字。

魔侍手冊能提供一切沫沫想知道的信息，還能記錄沫沫的助人計劃，並針對計劃給予所需資料，是一眾魔侍修行必備的手冊呢！

「沫沫，沫沫！」

「沫沫，沫沫！」

一陣聒噪的聲音傳來，沫沫不得已停下迅速寫字的手。

「怎麼了，羅賓？」

喚做羅賓的，是一隻顏色優雅的知更鳥。牠羽背顏色淺灰，腹部摻雜淺藍與白色，而頭部至前胸有一大片不刺眼的金黃羽毛，是一隻**人見人愛**的可愛「羅賓」。

每位修行中的魔子與魔女應當配有一位「修行助使」。羅賓，正是這位如洋娃娃般的魔女的修行助使。

「你不是又在寫助人計劃書吧？」羅賓拚命瞅着沫沫的魔侍手冊，想看她寫了什麼。

沫沫頭也不抬，說：「是啊！」

羅賓滿臉擔憂地嘀咕：「沫沫你的確是應該幫助人類，不過沫沫，你有沒有確定他就是你要幫的人呢？」

沫沫無奈地暫時停下來，回道：「他遇見了我，我又從綠水石中看到他很不開心。他當然需要我的幫助！」

「世界上要幫的人那麼多，我覺得還是謹慎一點比較好。況且以你的年紀本來就不應該幫助人類，一般是由魔法力高強的高階魔侍去幫助人類的，沫沫你可是連一階魔法力測試都沒考過，尚未拿到助人資格證件，這觸犯了魔侍世界的律法——」

「羅賓，這些我都知道。」

「不，不，你不明白，你的毛病啊，就是太過熱心——」

沫沫知道羅賓一定會說個不停，趕緊說：「羅賓你什麼都別說了，我要專心寫計劃書！」

羅賓搖搖頭，以語重心長的語氣叮囑道：「我還不是擔心你又犯下禁忌？」

「你總是不小心幫太多，沫沫，這是你的優點，但也是缺點啊！所以我一定要再次提醒你！」

「你忘了上一回你在古老城時，應用了不該使用的魔法力幫助那固執的老婆婆，被農叔禁足

一個月嗎？沫沫？」

　　「沫沫，要是你不聽我的話，這次又會被禁足的！」

　　「不過沫沫你可不要怪農叔，農叔是怕你被麒麟閣士發現你觸犯律法，才會這樣嚴格限制你使用魔法力啊！」

　　「所以啊，你真的要很**謹慎**，萬一不小心給麒麟閣士知道了，可不得了啊！」

　　「沫沫，我們要不要去那個男孩的家看看？」

　　「先看清楚情況再寫計劃書，好不好，沫沫？」

　　羅賓吱吱喳喳、**喋喋不休**地說着，牠的毛病就是太長氣了！

　　「夠了！我知道我叫沫沫，可以不要再沫沫、沫沫地叫不停嗎？」

　　沫沫的兩隻手掌緊緊地摀住耳朵，她最受不了人家一直在耳邊說個不停！

「不是的，沫沫，我知道我很囉嗦，但是沫沫，我是為你好啊，畢竟我是你的修行助使，當然要盯着沫沫你修行。你好不容易才有機會進入尼克斯魔法修行學校就讀，沫沫你要是被取消入學資格，我可會被農叔狠狠地責罵的啊！而且沫沫，我不叫你沫沫要叫你什麼——」

沫沫的忍耐終於達到極限⋯⋯

她望向垂掛於桌子上方橫樑、那些五彩繽紛的彩帶，扯下其中一條藍色緞帶，然後往半空扔去！

「蓬」的一響，藍色緞帶和小小的羅賓瞬間不見了！而羅賓剛剛站着的地方卻出現一堆半透明的鼻涕狀物體。

鼻涕狀物體緩緩動起來，以比平時慢了幾倍的速度，說：「沫～沫！沫～沫！快～把我～變回～來！這樣～子我～行動～不便啊！」

原來沫沫居然用變形緞帶把羅賓變成了一條小鼻涕蟲！

沫沫晃一下頭，別過臉去，不再理會「鼻涕蟲羅賓」。

「鼻涕蟲羅賓」慢慢移動身軀，牠費盡力氣地向沫沫的方向前進，但走了老半天竟然只走了幾厘米。牠累得沒有力氣說話，終於暫時停止發言。魔女沫沫趁這段難得的**寧靜時分**，趕緊寫下她的計劃書。

「得先讓他知道發脾氣的壞處……」沫沫埋頭苦思。

當天際露出了**魚肚白**，明亮的光線照射進

半圓形窗戶的時候，她終於做好了計劃書。

　　而「鼻涕蟲羅賓」也終於抵達了目的地——魔女沫沫的桌子上。牠慢動作似的伸長了頭，兩隻觸角晃了晃，好不容易才從嘴裏緩緩吐出：「你真的太**浪費**了！你知道煉成一條變形緞帶要花多少時間、多少材料嗎？你怎麼可以把它用在我身上？」

　　羅賓居然不在意自己的形態，反而擔心魔女沫沫辛苦煉成的緞帶被牠**消耗**掉？看來世界上再也沒有比羅賓更體貼、更關愛魔女沫沫的生物了。

　　沫沫這時卻趴在桌子上，發出平穩的呼吸聲，嘴角露出安心的笑容睡着了。

　　羅賓搖搖頭，無可奈何地躺在沫沫身邊，沉沉地睡去。

第三章

發怒的刺蝟

　　清晨，空氣中有一抹淡淡的青草味。此時，一個穿着育英小學制服的女孩站在學校側門邊的草地，手中翻閱着一份小小的「計劃書」。

　　草叢中早起的蟲兒聒噪地鳴叫，此起彼落的，像在演唱歡鬧的奏鳴曲，迎接新的一天到來。

　　女孩眼角瞟向腳邊的一隻灰色鳥兒，說：「待會兒就看你的表現啦！」

　　灰溜溜的鳥兒兩眼發出黃綠色的光芒，目不轉睛地盯着育英小學。

　　凱文今天一大早就來到學校。

帶着昨晚的怒氣，凱文在學校就像個燙手山芋，誰靠近他誰就**倒霉**。

　　比如在打掃操場的值日生剛剛要凱文挪開腳步，好讓他清掃凱文踩着的落葉時，凱文惡狠狠地瞪他一眼，然後故意踢掉他好不容易掃成一堆的落葉。

　　跟凱文同樣是籃球集訓隊的志穎跑過來詢問今天的練習時，凱文大大聲回他：「不，知，道！你沒有嘴巴嗎？自己去問教練！」

　　凱文感受到大夥兒的目光，但他一點兒都不在乎。

　　下課時，凱文**仰高頭**準備走出課室，有個人卻不識趣地擋在他身前。

　　「凱文，你還沒交班會費哦！就剩你一個了。」

　　說話的人是副班長佩珊。

　　「我沒帶錢。」凱文撇撇嘴道。

　　佩珊一向膽小，但盡責的她仍鼓起勇氣對凱

文解釋：「老師說今天是最後一天……」

「我就是不交，怎麼樣？」

「今天要是沒收齊班會費，我會很**為難**的……」

「我管你為不為難！我就是不交！」

「要不然我先幫你付……」

「不用你假好心！我不要交，聽見了沒有？我，不，要，交！」凱文用力拍一下桌子，扯開嗓子大喊。

佩珊從來沒有被人這麼大聲地吼過，她委屈地低下頭，發出**窸窸窣窣**的聲響，哽咽著說：「我沒有假好心……」

接著她跑出了課室。

同學中有人替副班長打抱不平，說：「兇什麼兇？佩珊又沒有得罪他！」

「對啊！為什麼對她發脾氣？」

「真可憐，想幫他付錢還被罵，好心沒好報！」

凱文似乎沒聽見同學對他的責難，他腦袋裏裝着滿滿的怒氣，根本聽不進其他人的話。

　　跟凱文最要好的鄰座同學逸軒也忍不住說道：「凱文，你怎麼可以惹哭佩珊？快去跟她道歉吧。」

　　凱文從鼻子噴了口大氣，說：「哼！她自己要哭，關我屁事？」

　　凱文盛氣凌人地大步邁向課室門口，原本擠在門口附近的同學立刻讓出一條通道來。今天的凱文簡直是隻怒氣騰騰的刺蝟，大夥兒都怕被凱文的「刺」扎傷啊！

第四章

拳擊機的教訓

　　凱文去食堂買了杯冰果汁，灌下肚子後，整個肚子涼涼的，但胸口還是有股怪氣，像被千斤重的大石頭壓着胸口，好難受。

　　凱文的怒氣並沒有得到釋放。

　　他踩着重重的腳步走出食堂，隨處亂走。走啊走，走啊走，走到一個死角。他抬起頭，發現前方是一面牆，無路可走了！

　　凱文盯着那面發黃的牆，牆上竟浮現母親責罵他的樣子。他委屈極了，皺緊眉頭，深吸口氣，腳往後擺，用盡力氣地朝牆壁踢去！

　　牆壁當然沒有損壞或破裂，不過沾上了一個骯髒的鞋印。

　　凱文緊皺的眉頭鬆開了，他繼續踢向牆壁。看着牆上滿滿的黑鞋印，他嘴角終於往上彎起。

一想到發現這片黑鞋印的老師那表情，還有拼命擦拭鞋印的校工那樣子，他就忍不住放聲大笑：「哈哈哈！一定沒有人知道是我踩上去的！哈哈哈哈！」

「誰說沒有人知道？」

一道聲音從凱文身後傳來，凱文趕緊轉過身**否認**道：「不是我，真的不是——」

凱文尚未說完，發現站在眼前的並不是老師，而是一位跟他年齡差不多的女同學，便馬上說：「你哪隻眼睛看到是我踩的啊？」

女同學**兩眼茫然**地看着凱文。她正是穿着小學校服的沫沫啊！

「我兩隻眼睛一起看到的。」沫沫一本正經地回答。

凱文呆了一下，**捧腹大笑**道：「有人這樣說話的嗎？兩隻眼睛一起看到，哈哈哈！難道你是變色龍？能夠一隻眼睛看天空，另一隻眼睛看地上？哈哈哈！」

沫沫想像凱文的話，不期然地施展出「幻想力」，讓凱文看到她一隻眼珠朝上，另一隻眼珠朝下的樣子，嚇得凱文急退幾步！

　　凱文擦擦眼睛，仔細地望向沫沫，這時幻想力已經失效，沫沫又恢復成正常模樣啦。

　　「剛才是我眼花了？」凱文抓抓頭，語氣有些不自然地說：「你……有**證據**嗎？沒證據可不能冤枉我！」

　　「證據？」沫沫想了想，搖搖頭道：「沒有，不過我的確看到是你踩牆壁。」

　　「沒有證據啊……」凱文眨了眨眼，嘴角向上翹去。突然，他抬起腿又往牆上用力一踩！

　　「你！」沫沫呆呆地看着故意踩踏牆壁的凱文。

　　「嘿嘿！你兩隻眼睛看到我踩又怎樣？你拿不出證據，就不能說是我踩的！」

　　凱文又繼續踩踏牆上**乾淨**的地方，眼看鞋印越來越多，沫沫皺了一下眉頭，冷靜地問：

「你拿牆壁出氣有用嗎？」

凱文把頭仰得老高，一副霸道的模樣，說：「我就是喜歡拿牆壁出氣！怎麼樣？我高興！」

「你這樣亂發脾氣，只會讓大家怕了你，認為你是小霸王。」

凱文呆了呆，隨即不屑地說：「我才不管別人怎麼想，怕就怕！最好大家都別來惹我！」

「發脾氣不只會讓大家遠離你，對你也不好。」

凱文不悅地說：「哼！有什麼不好？我心情不好，我就要發脾氣！我最喜歡發脾氣！」

說着凱文再次朝牆壁用力踢了幾下，雪白的牆面又被印出幾個髒髒的鞋印。

沫沫冷酷的面容動了一動，眼睛閃現銳利的光芒。她瞇起雙眼，朝羅賓望去。

羅賓收到沫沫的訊號，盤旋於凱文頭部上方，吱吱喳喳叫個不停。

凱文見只是一隻小鳥，毫不理會地繼續踢

牆。羅賓無可奈何，飛到凱文眼前聒噪地叫喚。凱文煩不勝煩，揮動雙手，嚷道：「快讓開！別擋着我！」

羅賓繼續干擾凱文，叫着叫着，竟在他頭頂上撒了泡屎⋯⋯

羅賓拉完屎覺得很失禮，對凱文低下頭擺動翅膀道歉，心裏嘀咕道：要不是為了沫沫，我可不會做這樣的事啊！

凱文終於停下來，他伸手摸摸頭髮，手上沾上了黏糊糊的液體！

「呵？鳥大便？你這隻可惡的鳥，居然敢在我頭上大便！」

凱文拼命跳上去想抓住羅賓，但怎麼都碰不到牠。

「氣死我了！氣死我了！」凱文整張臉都漲紅了，卻只能氣呼呼地看着羅賓乾瞪眼。

這時凱文身邊不知何時出現了一台拳擊機。凱文呆了一下，疑惑地說：「這不是遊樂場裏頭

的拳擊機？怎麼會出現在這裏？」

雖然抱有疑惑，但凱文滿腔怒火正好無處可宣洩，於是他想也不想，用盡力氣朝拳擊機揮下一拳！

「砰！」

隨着拳擊機上的板發出聲響，凱文也「哎呀」怪叫一聲！

緊接着，拳擊機器發出一連串鈴聲，拳靶後方的電子板顯示分數：60分。

凱文馬上向四周**查看**，怒吼道：「誰打我？誰？」

沫沫和羅賓都站在離他兩米之外的地方，不可能是他們。

「奇怪……」凱文緊皺着眉，一抬眼看到拳擊機，**怒火**馬上又升上來，朝機器中間的拳靶用力揮拳過去！

「哎呀！」

隨着凱文呼叫，機器也再次發出聲響。

這回凱文捂着臉，**痛得不可開交**，他火眼金睛地四處掃視，憤怒地叫道：「到底是誰？別想躲！快給我出來！」

可惜凱文找不着任何人，這附近只有沫沫和羅賓而已。

羅賓小聲地問：「沫沫，你是應用了『轉移力』，讓力量轉移到他自己身上吧？」

沫沫眼含笑意地眨了眨眼。

凱文望向電子板上顯示的分數：72分。

他**氣憤不已**，繼續向機器揮拳！

可是打了三拳，他胸口就感到連續被打了三下。他撫着疼痛的胸口，開始覺得這台機器不太對勁。

「難道打這機器，其實打的是我自己？」

凱文說完，馬上晃晃頭否認道：「不可能！世界上哪裏有這麼**荒謬**的事？」

一旁看熱鬧的羅賓忍不住低聲對沫沫說：「你讓我激怒他，讓他知道生氣就發脾氣甚或傷

害別人的壞處。這下凱文應該深深地感受到了，嘻！」

沫沫冷靜地説：「不，看來沒這麼容易點化這頭**蠻牛**！」

沫沫盯着凱文，果然，凱文即使意識到打機器就是在打自己，仍用力朝拳擊機打下去！

「哎呀——」

凱文發狂地朝機器亂打亂踢，拳擊機叮鈴叮鈴地響不停，電子板上的分數不斷變換：65、69、72、73、76、80……越來越高！直到他全身疼得受不了，才終於停下來。

「可惡……我不信有這樣的機器……」

凱文一抬眼，發現令他抓狂的拳擊機竟然不見了**蹤影**，眼前只有一棵比他高幾個頭的樹！

「機器呢？妖怪機器呢？」

凱文發狂地繞着樹走了好幾圈，全身疼痛的他最後將目標轉向沫沫，怒吼道：「是你對不對？一定是你打我！」

「你哪隻眼睛看到我打你？」沫沫平靜地反問凱文。

「我……我……總之就是你打我！」凱文毫無憑據，**氣急敗壞**地衝向沫沫，嚷叫着向沫沫伸出拳頭！

沫沫和羅賓見凱文已失去理智，趕緊逃開。但凱文仍對她們窮追不已，羅賓慌忙問沫沫：「怎麼辦？你的計劃好像不行哦！」

「先回去再說！」沫沫有點狼狽地說，然後一溜煙從側門逃了出去。

校工發現沫沫跑出校園，衝過來要阻止。這時憤怒的凱文追了過來，剛要踏出門口，正好被校工一把擒住！

「放開我！放開我！我要教訓她！放開我！」

被校工抓住雙手的凱文掙扎着，亂踢亂叫……

第五章
魔法力無效

沫沫和羅賓逃到離學校幾條街的地方才停下來。

羅賓對沫沫晃晃頭，道：「唉！沫沫，你這次的計劃太危險了。遇到凱文這種脾氣火爆、毫無理智的人類，這招是沒用的。」

沫沫覺得很不明白，她問：「羅賓，人類不是都怕痛的嗎？」

「問題是他不是一般的人類，他根本就一點兒都不怕痛！」

「那你說，要怎麼做才能讓他這種不怕痛的人收斂一下脾氣呢？」

沫沫皺了皺眉頭，捫捫嘴道：「虧我還特地使用了『對換力』，把學校的樹跟拳擊機對換過來，然後再使用『轉移力』，讓凱文承受自己打

出的拳頭⋯⋯」

羅賓見沫沫似乎很懊惱，趕緊轉移話題：「啊，沫沫！你居然用對換力把學校的樹換去遊樂場？管理員看到遊樂場中心無端端多了一棵樹，不知道會是什麼表情呢？」

「嗯⋯⋯」沫沫邊想邊展開笑顏，說：「他應該以為自己走錯地方了！」

「不，不。他會馬上叫人來砍掉樹吧？」

沫沫緊接着說：「等他帶人來砍樹時，卻發現樹不見了！因為拳擊機又換回去了！」

沫沫和羅賓**笑成一團**。

「對了，沫沫！我發現啊，你的魔法力好像進步了哦！剛才你使用對換力把遊樂場的拳擊機調換過來的時間長了！足足有⋯⋯」羅賓展開翅膀算了算，道：「三分鐘呢！」

跟沫沫同齡的魔女，一般無法對換很大的物品，而沫沫不單把一棵樹和機器調換，還換了足足三分鐘！

可是沫沫並不感到自滿，自小對魔法充滿無比**熱誠**的她馬上說：「我還差得遠！農叔可是能在森林起火時，把林火與部分湖水對換，讓林火熄滅了呢！」

「哎呀，農叔是你爸爸，又是費族頂尖的魔子，怎能相比？況且有他在，你肯定很快就學會這麼厲害的魔法力！」

「不，我必須加把勁修習魔法，不能什麼都靠農叔。更何況我不是費族，而是仁族……」

沫沫所說的費族和仁族，都屬於魔侍世界的一族。

魔侍世界共有三個**族羣**，即費族、仁族及松族，而沫沫屬於其中的仁族。

從一出生她即因為某些原因被費族的嚴農收養，但幾乎無人知道沫沫的真實身分。

在其他魔侍眼中，沫沫是嚴農的女兒，她當然就屬於費族。

「仁族又如何？」羅賓趕緊說，「魔法力可

不會因為你屬於哪個族羣而有所不同，最重要是你必須相信自己的能力。」

「不，我聽古老城的魔女說過，費族是對魔法學習最有天分的魔侍，而仁族是最弱的，連個子都長得比其他族類小。」

一說起自己的族羣，沫沫不禁有些不開心。除了因為不能對**外界**提起她是仁族的事，其他族羣對仁族的偏見也讓她感到不舒服。

「上回我跟農叔去魔法商店買特殊材料，竟被當作七歲的小女孩。」沫沫皺起了眉頭，「我明明已經十歲，為什麼大家都說我七歲，甚至更小呢？」

「唉，因為他們以為你是費族啊！費族一般都長得很高大，所以才會產生這樣的**誤會**。」

沫沫的眉頭依舊無法舒展開來。

「好吧！其實我沒有很在意大家認為我年紀小這一點。不過，我很不贊同仁族學習魔法比其他族羣慢這說法，根本是**偏見**！」

平常正義感十足的沫沫對於這樣的偏見特別無法**忍受**。

「農叔說過，每一個族群都平等，各有他們的弱勢和優勢，不能輕視任何族類。」

「農叔說得對！所以啊，沫沫，你只要專心修習魔法就好了。」

「嗯！我現在要做的，就是努力**修習魔法**！走吧！」

沫沫說完，迅速往空地上的小屋奔去啦！

「只要說到魔法，沫沫就什麼煩惱都不見了呢！」羅賓呵口氣，眼中突然閃現複雜的神色，喃喃說道：「可是啊，沫沫，你並不知道自己擁有什麼樣的力量……」

羅賓**搧動翅膀**，飛向前方急速奔跑的小魔女。

與此同時，校工把一直在發脾氣的凱文帶到校長室。而面對校長時仍**控制**不住脾氣的凱文，被校長訓話訓了好久，最後還被罰站到放學。

第六章
凱文的疑惑

　　放學鈴聲響起，雙腿站得發麻的凱文終於可以動一動了。

　　「以後再有這樣的事，我會請你家長來學校見我。」讓凱文離開前，校長對凱文叮囑道。

　　凱文委屈地點一下頭，說：「校長再見。」

　　他背着書包垂頭喪氣地走出校門，對今天發生的離奇事件困惑不已。

　　「打在拳擊機，痛在我身上，這根本就不可能啊！」

　　凱文越想越不對勁。

　　「啊！」凱文兩眼發直，猜測道：「難道跟昨晚看見的洋娃娃巫婆有關？咦？說起來……那個女同學跟洋娃娃巫婆有點像呢！」

　　凱文突然瞪大了眼。

「是洋娃娃巫婆變成女同學來作弄我！」

「我被巫婆纏上了？巫婆為什麼要找我？」

「就算是巫婆也不能這樣欺負我！」

「哼！以為我好欺負嗎？」

凱文氣憤難當，他決定到昨晚看見洋娃娃巫婆的地方確定自己的想法沒錯。

來到昨晚遇見洋娃娃巫婆的地方，凱文沒發現小屋，只看到一片**空蕩蕩**的草地。

「確實是這片草地啊……」

凱文沿着昨晚的路線走回頭又走過來，確定附近只有這一片草地。

「難道昨晚是我的**幻覺**？」

凱文緊皺眉頭，突然，他機警地翹起嘴角，迅速彎腰撿了顆石頭，往小屋的方向用力扔去！

石頭高高飛向天空，而後往下掉去，落在了

草地上。

　　如果那裏有小屋，石頭扔過去時
一定會發出「咚」的一響反彈過來，
但凱文沒聽見任何聲音。

　　「呼！算了！」

　　凱文終於放棄，走向回家的路。

　　他離去後，青綠色的草地漸漸顯現出屋子的
輪廓！

原來魔女沫沫在凱文來到小屋前使用了「隱形力」，將屋子隱藏起來啦！

沫沫使出的隱形力能讓物體暫時**隱形**，讓凱文看不見，實際上屋子還在同樣的地方。

此時，屋子已完全現形了。而屋內的羅賓正與魔女沫沫盯着綠水石內的影像，那影像是正在移動着的小凱文。

「這火爆小子，想不到他居然會丟石頭過來啊！幸好沫沫你及時使用了『質變力』，使石頭的質地變異了，要不然可出大事啊！」

羅賓**心有餘悸**地做出抹汗的動作。

剛才凱文丟出石頭的時候，沫沫及時擺出魔法手印，並唸出咒語：「比歐提該亞拉奇——棉花！」

沫沫使用的是質變力，能將硬邦邦的石頭瞬間變成蓬鬆的棉花。雖然石頭外觀沒變，但質地卻像棉花那樣**軟綿綿**的啦！

沫沫走出門口，拾起那棉花般軟軟的石頭，

捏了一下，石頭凹陷進去。她神色冷靜地說：「火爆小子的脾氣真的需要改一改。」

　　羅賓趕緊叼來魔女的小本子，道：「執行助人計劃 B，對嗎？」

　　「不，得先提煉變形緞帶……」

　　沬沬迅速走向煉藥枱。

　　沬沬從後方密密麻麻的小櫃子搜出一些青藍色粉末、粉紅顆粒、幾片薄薄的蟬蛻，最後加上幾根「枯木條」，依次扔進提煉枱的小瓷鍋內，開始提煉變形緞帶。

第七章

再次離家

　　凱文拖着疲累的腳步回家，誰知一進門就遭
母親質問：「凱文！今天早上是不是你沒關好大
門？」

　　凱文瞄一眼母親，沒有回應，他可真的想不
起自己有沒有關好門。

　　「你知不知道有野貓跑進來撒尿了？到處都
是臭尿味，害我整個早上都在清潔，你是想讓
媽咪忙死，是不是？」

　　凱文皺了皺眉，母親說的話總是這麼難聽。
他怎麼可能想讓母親忙死呢？

　　要是換在平時，凱文鐵定對母親「吐槽」
一番。但他今天在學校遇到太多離奇的事，加上
被校長訓話和罰站了許久，現在的他身心俱疲，
根本沒力氣反駁母親。

他拖着腳步直接回房間去。

母親惠雲見凱文沒有回嘴，倒是很意外。

「如果每次都這麼乖，不頂嘴，我可就省心了……」

惠雲雙手伸到背後捏捏痠痛的肌肉，最近她真的太累了，不是這裏痛就是那裏痠。

凱文的父親這兩年**銷售業績**不理想，使她不得不找些縫紉兼職，工作之餘還得兼顧家庭，忙得不可開交，偏偏孩子又不聽話，常惹她生氣。

惠雲看看牆上的時鐘。

「噢！這麼晚了！」說着她轉身進廚房，忙煮飯去。

凱文把書包扔在一旁，跳上牀**平躺**。疲累的他閉上眼幾秒，就呼呼睡去。

時間過去，不知過了多久。當凱文睡得正香

的時候，忽然被人拉了起來。

「醒來！」

凱文**睡眼惺忪**地爬起來，惱怒地看着拉他起來的母親，嚷道：「什麼事？」

「你為什麼沒有蓋好巧克力粉的蓋子？」母親氣沖沖問道。

「我有蓋啊！」

「明明就是你沒蓋好！螞蟻都跑進去了！現在整罐巧克力粉都不能要了！」

凱文扁了扁嘴，道：「不能要就丟掉囉！」

母親見凱文一副無所謂的態度，*怒火中燒*地大吼：「你這個臭小子！做錯事有像你這樣的嗎？給我滾出去！」

聽到母親責罵他的難聽話語，凱文頓時精神起來。他怒氣爆發，大聲回道：「你以為我很想待在這個家嗎？」

「那就滾啊！」

凱文眼中充滿憤恨，盯着母親說：「你不是

我媽咪！」

「呵，我才沒有你這樣的孩子！書唸不好，整天給我惹麻煩，只會頂嘴的沒，用，孩，子！」惠雲氣憤地罵道。

凱文忍不住了，他大喊一聲，衝了出去。

「出去出去！最好不要回來！」

母親的呼喝聲斷續地傳進奔跑中的凱文耳裏。母親老是動不動就罵他，不然就讓他別回家。他的忍耐已經達到極限！

「這麼討厭我，為什麼還要把我生下來？」

「哪有母親這樣對孩子的？」

「我才不要這個沒用的家！沒用的媽咪！」

凱文的憤怒再度升級。他猛吼一聲，心中的恨意達到頂點，跑得如風一般快，快到好像要飛離地球……

第八章

越界

一家紅色五角形屋頂的房子走出兩個人。

他們個子不高，看起來不過是十三、四歲的孩子。話雖如此，兩人卻有一股令人忍不住多看兩眼的氣勢。男的**身形挺拔**，眉宇間透着英氣，面帶微笑的他有如一名小紳士；女的**樣貌端莊**，舉手投足間顯露着一股傲氣。

兩人腳步輕快地走在清冷的街道，路上往來的行人並不多。

「過兩天就是魔法修行學校開課的日子，不趁機溜出來還等什麼時候呢？」

說這話的女生**一臉俏皮**地對男生眨眨眼。她叫齊子研，是即將進入尼克斯魔法修行學校就讀二年級的魔女。而她身後的男生，是她的同班同學，也是她舅舅的兒子——喬仕哲。

兩人都屬於魔侍中的費族，雖然外表看起來像十三、四歲，實際上只有十一歲。費族魔侍一般長得較其他兩族——松族和仁族高大，更是擁有最多出色魔侍的族羣。換句話說，費族的外形及魔法力都較其他族類**優秀**，是魔侍中的「貴族」。

　　魔侍世界規定所有魔子魔女必須從十歲開始去魔法修行學校就讀一年級，他們倆去年年尾剛考過第一階魔法修行測試，順利進入第二學年。

　　仕哲嘴角提了提，道：「姑丈不是要你在開學前先預習魔法史嗎？」

　　子研噘了噘嘴，**不以為然**地說：「哼，什麼魔法史、魔法修行必備、魔法使用規則，這些都太無聊了！簡直毫無難度，預習來做什麼？我以後又不是要當魔法教育部的職員！」

　　兩人穿過街道，轉進一條偏僻的小徑。

　　「他就是想你進入教育部工作啊！姑丈是魔法教育部委員會的會長，當然希望你能安穩地待

在那裏，繼承他的工作。」

子研皺起了眉頭，一副不屑的模樣說：「我才不要當什麼教育部委員會會長，每天負責審查、編制魔法學習單，實在太無聊、太悶了！我要做的……」

突然，他們眼前竄出一隻小小的灰鼠。子研眼眉一挑，馬上擺出魔法手印，對着那灰鼠唸唸有詞：「耶勒勾斯，動！」

只見灰鼠立即騰空飛了起來，才十厘米高的距離，灰鼠已驚慌地吱吱叫着，四肢扭動不停！

仕哲見狀，趕緊唸道：「安塔雷及，換！」

小灰鼠立即掉下來，路旁的樹枝卻飄浮於半空！

原來仕哲使用了對換力，將小灰鼠和樹枝交換過來了！

小灰鼠落地之後，一溜煙逃竄而去。

子研掃興地停止唸咒，樹枝也因此掉落下來。

「哼！為什麼阻止我？」子研不悅地撇撇嘴，「難得想試試新學會的魔法力，看我能不能好好**操控**物體。」

仕哲微微皺一下眉頭，道：「魔侍必須通過二階魔法力考試之後才能使用『控制力』，我們尚未獲准使用呀。況且，我們不應以魔法力玩弄其他動物。」

子研瞪了仕哲一眼，道：「我只是在沒有人看到的時候試一試，而且也沒讓小灰鼠受傷，你啊，就是太死板了！」

「越階學習魔法已經觸犯魔法使用規則，你還明知故犯？我們總不能讓自己陷入危險吧。萬一讓麒麟閣士發現了，你免不了被懲罰。」

誰知子研聽了卻**雙目發光**，說道：「正好！我巴不得見到他們呢！我努力修習魔法，就是想當麒麟閣的閣士！」

子研從小就以當上麒麟閣士為目標，即使她不怎麼喜歡魔法史，仍然非常認真地學習所有魔

法課程。

仕哲歎口氣，説：「可惜你還沒當上，就會先被魔法懲戒部處罰，關在陰森森的古地窖裏！」

子研一聽古地窖，臉色馬上變了，結巴地説：「我……我……我不越階使用魔法力就是了！」

説着子研匆匆越過仕哲，走向前方。看來子研對「古地窖」還真是畏懼呢！

相傳古地窖是關押某些可怕罪犯的地牢，位於偏遠的地底區域。由於對魔侍及人類有威脅，於是安排了高階魔法力的麒麟閣士看守。

仕哲快步追過去，問她：「現在要去哪裏？」

「哪裏都好，只要不是待在這裏！」子研説着，竟跑了起來，仕哲無奈地跟上。

兩人跑了一段路，來到僻靜的森林小路，子研施展飛行咒語飛了起來。

「喂！再過去就是人類世界！你不是要越界吧？」

子研沒有回應他，逕自往前飛去，仕哲只好擺出魔法手印急速唸道：「提希而，騰空！」

仕哲也使用了飛行咒語，身子騰空而起，往子研的方向飛去。

兩人飛越一整片**高聳入天**的巨杉林，再繞過滿布荊棘和毒氣的毒氣樹林，來到一道高大的圍籬面前。

子研望了懷中的修行助使一眼，往上飛了過去！

仕哲呆了一下，也馬上**俯衝**過去，瞬間飛越過魔侍與人類世界的圍籬！

兩人越過邊界，在眼前的是一整片寬廣的樹林，離人類活動及出沒的地方還有一段距離。

他們沿着無人的林地上方飛翔，漸漸地，他們看到陸地上出現稀稀落落的小人兒。

仕哲朝子研説道：「用隱身力吧！避免不必

要的麻煩。」

於是，他們同時比手印，唸道：「拉浮雷雅，隱身！」

兩人的身影消失，空氣中只聽見呼呼的風聲。

由於兩人的「飛行力」及「隱身力」還只是第一階，所以久不久就得停在高高的**樹梢**休息一會兒，等到體力恢復了，再繼續使出魔法力。

仕哲趁着休息抓緊時間問子研：「我們從來沒有飛那麼遠。你不會只是要去人類世界看看而已吧？」

子研望一眼仕哲，說：「待會兒你就知道了。」

「你到底要去哪裏？」一向很有耐性的仕哲忍不住**煩躁**起來。他最不喜歡將簡單的事弄得

複雜。這明明是一句話就能交代的事，子研偏偏故弄玄虛，要他猜測等候。

「你再不說，我就要回去了。我可不想跟你一起被姑丈責備！」

子研知道不能再瞞着仕哲，眨眨眼道：「我要去找一位很厲害的魔侍。」

「誰？」

「我……」子研吞吐着，然後說：「我想去濕地家園看看。」

仕哲一聽濕地家園，馬上脫口而出：「你要去找魔法藥聖嚴農？那個*傲慢孤僻*，不喜歡與人交往，擅長提煉魔法緞帶和藥物的魔子？」

子研點點頭。

仕哲困惑地說：「你為什麼要去找他？」

他隨即提高了眼眉，訝異問道：「難道你想請他教你提煉魔法緞帶？」

子研努努嘴，說：「大家都知道嚴農是個怪人，他怎麼可能隨便就教我呢？」

「那你去找他做什麼？」

「我……」

子研**欲言又止**，懊惱地甩甩手，接着立即唸起咒語飛了開去。

仕哲的眉頭皺得緊緊的，要不是姑丈千叮萬囑他好好看着子研，他早就轉回頭了。

「唉！算了！」

仕哲吐口氣，無奈地追向子研。

第九章

闖進濕地家園

　　子研與仕哲飛越過一個大湖，在水中冒出的枯枝上停留了幾分鐘，又繼續往濕地家園飛去。

　　不一會兒，他們終於看到濕地家園前方的荊棘林。

　　「你確定要進去？聽說那裏有許多意想不到的陷阱。」

　　「所有魔侍居住的地方都會設置**陷阱**，我們又不是沒有見識過。只要小心一點就行了！」

　　子研**毫不猶豫**地往荊棘林飛去。

　　荊棘林不難穿過，難的是接下來的沼澤區。

　　「這裏布滿毒氣，我們要怎麼穿過去？」仕哲說着，又皺起了眉頭。一向不喜歡惹麻煩的他，遇到麻煩事時總會皺起眉頭。

　　只見子研拿出一罐噴霧劑，道：「這是我在

毛姆小姐的魔法用品商店買的。噴一點就可以讓空氣凝聚在我們身邊，有效時間大概有十五分鐘。」

「你連這個都準備了？」

仕哲還未責備子研，子研已用空氣凝聚噴霧劑對準仕哲噴了起來。

兩人於是順利地通過沼澤區，進入下一個關卡——奇異樹林。

「聽說這裏會有猛獸出現。」

「猛獸？」仕哲睜大了眼，「難道是不知名的地底生物？」

「很可能。」子研說道，一向最怕古怪生物的她居然露出輕鬆自在的模樣。

「你不怕？有可能是你最害怕的地底生物哦！」仕哲簡直不能相信自己的眼睛。

「如果是真的，我當然怕。」

「難道這些猛獸不是真的？」仕哲不明所以地問道。

子研朝仕哲露出神秘的笑容，説：「你還信不過布吉嗎？」

這時一隻小東西從子研懷裏飛出來，那小東西圍繞着子研快速地飛了幾圈，停在子研的手背上。

「原來是布吉給你的**情報**。」

布吉是子研的修行助使，牠是隻全身覆蓋着細毛，有點胖嘟嘟的黃蜂，天生具有敏鋭的方向感，能提供正確的方位，並擅長收集情報。不過，牠卻有個致命的缺點。

「布吉，是你告訴子研怎麼來這裏的？那你一定知道子研為什麼要來，對吧？」

布吉的觸角急速劃動着，吞吐地用那細柔又尖鋭的聲音説道：「當⋯⋯當然知道。子研⋯⋯很想⋯⋯知道⋯⋯」

布吉的缺點原來是説話吞吐，老是**慢半拍**。不過仕哲早已習慣了，他豎起耳朵耐心地聆聽。

誰知子研打斷布吉的話，道：「喂，你們

看！那邊好像有什麼。」

　　仕哲往子研的視線看去，發現有棵樹在抖動着。

　　「樹後面有什麼嗎？」

　　仕哲慢慢地走了過去，這時布吉說：「不要⋯⋯靠⋯⋯」

　　話還未說完，一隻滑溜溜的蛇頭怪物已從樹叢竄了過來！之所以說是**蛇頭怪物**，是因為牠的頭部雖然像蛇，身體卻長着短短的四肢。

　　仕哲馬上施行速度力咒語：「德起稀達，速！」

　　在蛇頭怪物的**血盆大口**快要咬下仕哲頭部時，仕哲及時向後退了幾米！

　　子研慌忙中，只來得及對着蛇頭怪物唸出：「系諾絲，眠！」

　　她用的是「催眠力」，想讓蛇頭怪物睡着，誰知咒語竟然不起作用！

　　「糟糕，子研沒有使用魔法手印，催眠咒語

施行失敗了！」仕哲見狀驚呼道。

怪物似乎被觸怒了，牠發出尖銳的怪聲，向子研撲了過來！

子研來不及反應，眼睜睜地看着怪物衝向她⋯⋯

仕哲情急之下叫出他的修行助使，道：「毛利，你必須**破例**使用『火箭沖』了！」

「毛利」是隻小個頭、一臉傻萌的豚鼠，牠快速地眨了眨眼，正要衝過去，那怪物卻在半空發出「砰」的一響！

蛇頭怪物變成了娃娃魚，掉落地上，然後喘着氣努力爬開去！

此刻的子研早已被嚇個半死，整個人迷迷糊糊的。

仕哲趕緊過去搖醒她，喚道：「子研！子研！沒事了！」

子研呆滯的眼神漸漸有了**神采**，她苦着臉說：「不是說全是假的嗎？」

這時從他們身後傳來一道聲音：「當然是假的。不然你們現在還有命活嗎？」

兩人回過頭去，看到一位身材高大的中年男子從樹的後方走了出來。

「你是……」

男子嚴屬地**質問**道：「你們不知道不能隨便闖進這裏嗎？」

「噢！你就是魔法藥聖——嚴農？」仕哲驚訝地説。

嚴農挑一下眉，道：「別在我面前提這麼難聽的稱號。」

「噢，對不起。嚴……大師。」

嚴農聽了又皺緊了眉，道：「要不是我及時撤回守護蠑蛇，你們早就**中毒**了！」

「守護蠑蛇？中毒？」仕哲聽不明白。

「守護蠑蛇是為了守護濕地家園，阻止外人進來的魔法幻化怪物。雖然不會真的吃人，但我在牠的牙齒注入了毒素，被牠咬中便會出現呼吸

困難的症狀。」

　　子研和仕哲聽得發傻，在這位擁有強大魔法力的魔侍跟前，他們就像渺小的小矮人，仰望着

高不可攀的巨人啊！

　　「快回去！我不想被任何人類或魔侍打擾。」嚴農木無表情地說。

　　面對嚴農如此直接的「逐客令」，仕哲覺得自討沒趣，但平時嚴守規矩的他，在遇到不公平或無理對待時，反而會做出一些出人意表的事。

　　他深吸口氣，說道：「我也不是自願來的。不過，既然你那麼討厭魔侍，何必跟魔侍世界聯繫呢？我聽父親說，魔法藥店有部分藥物是從你那裏得來的。」

　　子研瞪大眼，她萬萬想不到仕哲竟敢「吐槽」冷酷威武的嚴農！

「我沒有討厭魔侍，也並不討厭魔侍世界，只是……」嚴農想了想，說：「我喜歡簡單。」

仕哲聽嚴農這麼說，倒覺得很意外。他頓時覺得，也許嚴農只是不懂得怎麼與人相處。

「對不起，嚴……叔叔……他不是有意冒犯……」子研在一旁趕緊打圓場道。

「誰是你叔叔？」

嚴農瞟向子研，子研給嚴農這麼一望，緊張地**屏住了呼吸**。

「你們是幾年級的學生？在哪裏修習魔法？」

子研馬上回答：「噢，忘了自我介紹。我們是尼克斯魔法修行學校的二年級學生。我叫齊子研，他呢，是喬仕哲。」

嚴農眼中閃現複雜的**神情**，隨即冷漠地說道：「還不走？」

「哦，是！我們現在就離開！」

誰知子研嘴裏這麼說，卻還站在原地不動，

好像鞋底被黏在地上。

「怎麼？要我教你們怎麼出去嗎？」

子研小聲回道：「那個……我可以知道守護蝶蛇是怎麼幻化出來的嗎？」

嚴農銳利的目光瞪向子研，子研害怕得縮起脖子，往後退了一步。

他不耐煩地噴了一聲，緩緩說道：「是由魔法變形緞帶幻化而成。至於如何提煉變形緞帶，等你有資格學習高階魔法力，或許可以告訴你。」

子研聽到嚴農這樣說，不禁激動得跳了起來，叫道：「我一定會努力學習魔法，當上麒麟閣士，到時再來向你請教如何提煉變形緞帶！」

嚴農冷冷地說：「誰說一定會教你？」

「你剛剛明明說了啊！等我有資格學習高階魔法力，就可以告訴我！」

嚴農並沒有否認，只是輕輕帶過一句：「到時再說。」

説罷嚴農逕自往**茂密陰暗**的叢林走去。

子研看着嚴農的背影，高興得嘴巴都合不上了。

「喂喂！你聽見了嗎？高傲孤僻的藥聖嚴農居然答應要教我提煉魔法緞帶！哇！太開心了！這一趟來得真對！太好啦！」

面對子研的**得意忘形**，仕哲向來不太熱衷回應。他知道子研興奮起來，什麼都會忘記。

「我們快走吧！再不走就天黑了！」

子研這才肯使用飛行力離開濕地家園。

子研對於嚴農的印象可是百分之二百的好呢，她滔滔不絕地説着剛才的奇遇，對嚴農讚不絕口，還説守護蝶蛇多麼逼真可怕，害她真的以為自己差一點就被吃掉呢！

子研**口沫橫飛**地説着，仕哲最後只問了一句，「你還未告訴我為何要去濕地家園。」

「噢，這個啊……我得先問問布吉。」

子研望向在她袖口露出半個頭部的黃蜂。

76

「布吉，你不是說在那裏嗎？」

「沒……沒錯，只……只是……」

於是子研和她的修行助使就這般緩慢地溝通、交談着，經歷一番折騰，子研終於問出個所以然。

「我知道了，布吉說要走東南偏南方向，173度角。」

子研對照左手食指上的戒指形指南針，這戒指指南針是子研的父親在她入讀魔法學校一年級時送給她的禮物，為的是讓布吉更有效地協助女兒修習魔法。

她把指標紅色部分對準北方，找到布吉所說的方位，快速地飛過去。

仕哲再次無奈地跟上。

第十章
一對怪父女

　　這裏是草地上的小屋內。

　　沫沫專注地翻攪着小瓷鍋，裏頭的枯木條已經和其他特殊材料融合在一塊，漸漸凝固成緞帶形狀，並閃現亮眼的藍綠色。

　　「再攪拌多十分鐘應該可以定色，變形緞帶就提煉成功了！」

　　沫沫抹一抹汗，繼續攪拌。

　　這時綠水石閃了一閃，羅賓趕緊飛過去煉藥枱，朝沫沫叫道：「沫沫，沫沫！綠水石好像有動靜，你快去看看！」

　　沫沫馬上在煉藥枱下方的火爐內扔進幾塊定火石，讓爐火暫停操作，再衝去綠水石邊。

　　只見綠水石又再閃爍，接着竟然浮現嚴農的身影！沫沫伏在綠水石上仔細觀看，嚴農正在

濕地家園對着她比手畫腳呢！

「哎呀！是農叔！他在對你説什麼？」

「還有什麼？」

沫沫按下綠水石底座的一個綠色小按鈕，把自己的影像顯示給嚴農看見，然後她也對着綠水石，**比手畫腳**起來。

羅賓晃晃頭，拍一下頭部，道：「唉！你們這兩父女，總是喜歡比手語。你們又不是沒有嘴巴説話，直接用綠水石通話不行嗎？」

原來綠水石還有通話功能，讓擁有綠水石的雙方互相對話。只要按下綠水石底座的藍色按鍵，對方就能聽到這裏的聲音。

「不用。反正我知道他要説什麼。」

「你真的知道？」羅賓似乎不太相信，晃了晃頭道：「你又不是你嚴叔肚裏的蟲。」

沫沫卻露出一副**看透世事**的神態，以不符合她的成熟語調説：「不就是要我早點回去，一起吃晚餐之類。」

「他剛剛真的這樣説？」
羅賓好奇地問。

「是啊！只不過多了一些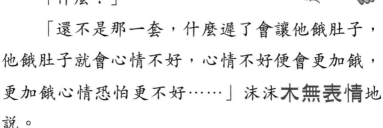
話。」

「什麼？」

「還不是那一套，什麼遲了會讓他餓肚子，他餓肚子就會心情不好，心情不好便會更加餓，更加餓心情恐怕更不好……」沫沫**木無表情**地説。

羅賓抹了抹汗，又問：「那你回應他什麼？」

「我叫他下午多吃一點，晚上就不會那麼快餓。」

羅賓聽了簡直差點跌在地上，這兩父女還真有趣。一個愛鬧情緒，另一個則完全不當一回事。」

「不説了，得趕緊提煉好變形緞帶！」

沫沫跟嚴農招手再見，在煉藥枱下方的火爐

口丟入點火石,繼續**埋首**於煉藥枱。

此時,濕地家園的一幢簡樸樓房內,嚴農對着綠水石露出**無可奈何**的表情,然後深深地歎了口氣,依依不捨地關掉顯示按鈕。

當沫沫出門去幫助人類時,綠水石就是嚴農與她的溝通工具。就像人類的手機一樣,既能視訊,也能對話。不單如此,綠水石還有個警示燈,不過只有在某些特殊狀況下才會亮起來。

正因為有綠水石及沫沫的修行助使羅賓,嚴農才稍稍放心,願意讓沫沫獨自去執行她的助人計劃啊!

一向性情孤高的他,唯獨對沫沫無計可施。他對任何人都一副**拒人於千里之外**的模樣,做任何事也能冷靜應對,迅速而準確地解決問題,但只有面對沫沫時會顯得六神無主,偶爾還會說

出與自己的個性完全不相符的話來。

嚴農**愁眉不展**地走向煉藥房。煉藥房是嚴農最常待的地方，誰讓他是個煉藥狂呢？

在嚴農眼裏，世界上所有物質都可以是他煉藥的材料。

進了煉藥房，一股香氣撲鼻而來，嚴農露出**無比舒適**的表情，嘴角微微上彎。

他朝着煉藥枱上一株種在小陶盆的植物說：「味道不錯。」

想不到那樸素的葉子居然前後搖擺着，露出很高興的樣子。

原來這株矮小的植物竟然是嚴農的修行助使！

它是香龍血樹，枝葉修長而**碧綠**，葉子邊緣呈金黃色，是棵非常漂亮的觀葉植物，據說還是最長壽的植物呢！

它不說話，只會做些簡單的動作，比如搖擺樹幹，搧動那修長的葉片，或是以葉片移動物

件。此外，它還可以根據嚴農的心情而釋放出不同的香氣。有安定心神的氣味，也有助人入眠的、令人鎮定的，甚至有讓人心情愉悦的香氣。

對於喜歡安靜的嚴農來説，這樣的修行助使非常合適。

它雖然不説話，卻是嚴農的最佳傾聽者。嚴農偶爾會對着它説些**大道理**，而在煉藥時的各種猜測與疑惑，都會一一對它訴説。

「千隱，沫沫可能會晚回。你釋放不覺得餓的氣味吧！」

「千隱」正是這株默默陪伴嚴農多年的香龍血樹的名字。只見千隱抖抖身子，空氣中立即布滿了某種香草的氣味，讓人**心曠神怡**，忘記一切煩惱。

「嗯，不錯！好，必須煉藥了。」

嚴農説話一向簡短，他剛剛對千隱這樣説，是指示千隱不要讓任何事干擾到他。

比如有蟲兒飛進來，千隱會釋放氣味或快速

搧動葉片，把蟲兒驅走。有人闖進濕地家園，千隱則會用那修長的葉片觸動煉藥枱旁邊的守護機關，讓魔法變形緞帶飛射向生態池中的娃娃魚，娃娃魚便會立即變成守護蠑蛇，出去驅趕入侵者。

　　嚴農轉身埋首於煉藥枱，沉醉於無聲的煉藥時光。

第十一章

追蹤

　　午後的桑林鎮**悶熱難耐**，沒有多少人會出來蹓躂，而且幾乎沒有人類在這個時候抬頭望向晃得刺眼的天空。

　　因此，以飛行力於天空飛行的子研和仕哲也安心些。萬一有人類不小心望過來，他們還可以使用隱身力，讓自己消失無影，不讓人類看見。

　　子研飛了一段路，越飛越慢，身體也感到不太平衡，容易**東倒西傾**，最後她降落到一棵高大的樹上休息。

　　她和仕哲的飛行力還只是一階，連續施展飛行力咒語會耗盡他們的體力，所以必須時不時停下來休息。

　　子研趁着休息期間，取出懷裏的修行助使——黃蜂，問道：「就在這裏附近嗎？」

黃蜂細聲地說：「對，再往前⋯⋯3.5⋯⋯公里，東南偏⋯⋯南⋯⋯46度，她⋯⋯在那裏。」

剛飛過來的仕哲聽見黃蜂的話，問道：「布吉說的『她』是誰？」

子研沒有回答，只看着指南針戒指確定方位，當她體力恢復了一些，又唸起飛行咒語：「提希而，騰空！」

呼的一聲，子研再次於仕哲眼皮底下溜開。

仕哲這回終於忍不住了，他加速飛行，越過子研，擋在她前方說：「我知道了。你出來的目的不是因為無聊，更不是向嚴農請教魔法，而是想——」

此時颳起一陣狂風，仕哲的聲音被吹散，而在空中沒法穩住身體的兩人，就這樣順風飄移開去！

煉藥的時間總是很快過去。這對嚴農或沫沫來說，可真是個大問題。往往一煉藥，半天時間就**悄然**過去。

草地小屋這邊，沫沫跟嚴農一樣，在煉藥枱前專注地煉着藥。

沫沫從小就看着嚴農煉藥的背影長大，她自然而然也像嚴農一樣，對煉藥充滿了熱誠。煉藥時什麼都可以忘記，只專注在眼前的瓷鍋和材料。

雖然沫沫今年才十歲，煉藥齡僅僅三年，卻已經記下了嚴農大部分煉藥知識及藥方。

她知道嚴農有個煉藥記錄簿，裏面寫着嚴農的所有魔法藥方，但她有自己的**目標**，她並不打算學完記錄簿內的藥方，而是創造出屬於自己的藥方，提煉出嚴農不懂的魔法緞帶！

為了讓沫沫實現她的目標，嚴農特地打造了一間沫沫專用的煉藥小屋，也就是這間草地小屋。煉藥小屋裏有完善的煉藥設備，並且有

個抽屜超級多、可以收納許多珍稀煉藥材料的「魔藥收存櫃」，能依據材料的特殊性質來保存它們。

比如苔蘚植物需要潮濕陰暗的環境，櫃子即能調整濕度、溫度甚至燈光，讓植物能在適合的環境下生存。

又如壁虎的斷尾、蟬第一次蛻變的軟殼、駝毛皮屑、屎殼郎的排泄物、血蛙的體液……櫃子都能因應它們的保存條件調整，讓它們保持一定的濕度或乾燥度；又能營造無菌空間，使它們不易腐壞。

魔藥收存櫃還有個催生燈罩，幫助各類稀有的動植物快速開花或產卵。

比如提煉縮放緞帶時，要應用世界瀕臨絕種的櫻花蟲卵，魔藥收存櫃就會釋放某些特殊物質，讓櫻花蟲趕快產卵。

有了這幾乎是萬能的魔藥收存櫃，沫沫煉起藥來可就省心省時了！

終於，沫沫趕在五時前，提煉好一對變形緞帶。

她取出魔侍手冊，再次確認助人計劃B的步驟。然後在傍晚五時正，沫沫和羅賓便帶着變形緞帶出門去了！

剛踏出小屋，一個男孩像隻**鬥牛**般氣呼呼地衝過馬路。

羅賓和沫沫呆了一下，接着羅賓叫道：「喂，是凱文那個**火爆**小子啊！沫沫，火爆小子這麼衝動，恐怕又會惹禍！我們快點跟過去看——」

羅賓未說完，沫沫已迅速追了過去。

這邊廂，隨着狂風「飄移」的仕哲和子研手忙腳亂地使用起隱身力，以免人類發現飄盪在空中的兩人。

隱身後的兩人就這般隨風飄盪到好遠好遠……

　　到大風終於停止下來，讓他們能穩住身子時，有個人類快速掠過他們跟前。仕哲正要繼續剛才的話題，誰知緊接着，一個女孩和一隻鳥兒也從他們眼前匆匆經過。

　　仕哲看到那女孩和鳥兒，忽然想到什麼，瞪大眼說：「是魔女！難道她就是——」

　　未等仕哲說完，子研便打岔道：「難道你不想知道直接跳過一年級，一進學校就讀二年級的魔女有什麼特別之處嗎？」

　　「呵！我就知道你是為了她而來。」仕哲歎口氣搖搖頭，道：「我也有聽媽媽提起，今年有個破例進入二年級修行的插班生。」

　　「魔法修行學校可從來沒發生過這樣的事。我聽爸爸說起這件事之後，就非常好奇。我一定要親眼看看這魔女有什麼本事！」

　　說着子研趕緊追了過去。

仕哲皺了皺眉頭，撇撇嘴道：「都要開學了，何必急在這時來看呢？根本就是多此一舉！」

　　雖然嘴裏這樣說，仕哲還是跟了上去。

第十二章
籃球的警示

憤怒的凱文無處排解怒氣，唯有不停地跑。

最後他流了渾身汗，拖着**疲憊**的腳步，漫無目的地亂走。經過便利店時，他瞄到店內的櫃子。他決定進去裏面吹吹冷氣，讓全身涼快涼快，並「免費」閱讀漫畫雜誌。

就這樣，他在便利店待了一段時間，離開時還買了一罐汽水和一包薯片。

沫沫及羅賓一路跟隨，而在沫沫身後「**螳螂捕蟬，黃雀在後**」的子研和仕哲，則小心翼翼地看着沫沫的跟蹤行動。

「她為什麼要跟着那個人類小孩呢？」子研看向仕哲，隨即挑了挑眉道：「難道她想幫助人類？」

仕哲晃晃頭，道：「不管是不是，都不是我

們該插手的事。我們還是快點回去吧！過兩天就開學了，我們還有東西沒買齊呢！」

「不！低階魔侍是不允許幫助人類的，她這麼做是觸犯了魔侍世界的規定，必須**呈報**上去。」

「觸犯規定的事有麒麟閣士處理，我們只是低階魔子和魔女，沒有權力管這些事。」

子研努努嘴，道：「話不是這麼說，魔子魔女都必須遵守魔侍世界跟人類世界的相處規則，這是父母從小就教導我們的。現在我們發現有魔女做了違反規則的事，難道不應該阻止她，不讓她繼續犯錯嗎？」

「那你就直接去阻止她，而不是**舉報**她，不是嗎？」

「這……我……我又不認識她！」

「你不是早就知道她，想認識她，才特意來找她嗎？你現在去跟她打招呼，大家就認識了。」

「我才不是來找她！我只是好奇她到底有什麼本事。」子研不悅地嘟起了嘴。

仕哲吐口氣，道：「你該不會是妒忌她可以跳級吧？」

「誰說我妒忌，我的魔法力第一階測試可是全校表現最好，得分最高的，我需要妒忌她？」子研氣呼呼地盤起雙手。

「是，是。既然你的魔法領悟力最高，何必妒忌別人是否跳級呢？」

「我都說了，我沒有妒忌她！哼，我是怕她觸犯規則而已。」

「如果她根本不清楚魔侍世界的規則呢？」

子研瞥一眼仕哲，道：「算了，現在的確還不知道她是否違規，先看一看吧！」

說着子研不快地走前，然後又回過頭來肯

定地說：「我敢擔保，她肯定是要違規幫助人類！」

仕哲無所謂地擺擺手，說：「若是這樣的話，你就去勸告她吧。」

「我為什麼要去勸告她？她又不是我的朋友！」

子研又盤起雙手，一副毫不在乎，什麼都不想理會的模樣。

仕哲這時笑了起來，說：「看來你真的在妒忌她。」

子研生氣地叉起腰，道：「我妒忌？我妒忌她什麼？」

「你妒忌她小小年紀就能幫助人類啊！」

「氣死了！我——」

仕哲做出「噓」的動作，子研趕緊壓低聲量，氣惱地辯解：「我才不可能妒忌她！我根本不喜歡人類，人類那麼弱小無能，魔侍又何必去幫助他們？」

「這些話你可不要隨便對別人說，魔侍本來就是要幫助人類的。這是規定。」

「又是規定！你真**固執**，我才不理那些規定。我們為什麼要聽從這樣莫名其妙的規定？」

「咦，她停下來了！」仕哲看到沫沫停在公園前方。

兩人趕緊閉嘴，閃去一邊靜靜觀察沫沫會有什麼舉動。

此時的凱文怒氣稍微消解，他打算到公園盪秋千，享用剛買的零食和汽水。經過籃球場時，他聽見斷續的呼喝聲，於是停下腳步，往球場上瞄了瞄。

他**瞄見**了熟悉的身影。

「那不是志穎？還有我們籃球隊的隊員？」

「他們為什麼在這裏？」

「他們是在比賽？」

「咦？另一隊不就是隔壁學校的學生？」

凱文躲在一旁，看見隊友們跟穿着隔壁學校

球衣的同學打籃球。場上的隊友們**大汗淋漓**地跑着，大夥兒眼中緊盯橘色的籃球，隨着隊友搶到籃球而追跑、投籃。投中之後，一眾隊友興奮歡呼。

凱文由困惑變成憤怒，他意識到自己被隊友們拋下了。

「可惡！跟隔壁學校比賽竟然沒通知我？」

凱文剛消除的怒氣又被激起了！他生氣地從樹後走出來，想過去責罵隊友。這時志穎剛好搶到了籃球，他快速運球，避開迎面阻攔的對手，靈活運步，然後一個深蹲，再**奮力躍起**！志穎投出了三分球！

凱文緊張得停住腳步，看着籃球朝籃筐射去……

「要入球呀！」凱文心中不禁暗叫。雖然他不滿意沒有人通知他出賽，但心裏還是希望隊友獲勝。

可惜這一回，志穎投偏了，圓滾滾的籃球碰

到籃筐，反彈開去，飛出場外！

凱文正要開罵，球卻似乎被一道外力控制着，奇怪地朝他迅速飛了過來去……

在凱文還沒有反應過來時，球已經來到他眼前，咚的一聲打中了他！

凱文怒火中燒，心中憤怒地叫道：「可惡的志穎！竟然打中我——」

志穎跑過來，一臉懊惱地把他「抱」了起來！

「喂！你抱着我做什麼？」

這時凱文發現了比今天中午更離奇的事——他完全發不出聲音，全身還輕飄飄的！

「到底怎麼回事？我為什麼說不出話？」

凱文望向剛才站着的地方，發現樹底下有一個女孩和一隻鳥兒，他猛然明白過來。

「是巫婆！」

「全部都是那壞巫婆搞的鬼！」

凱文掙扎着想移動，但他完全無法控制自己

的「身體」。這時志穎把他抓在手裏，搞得他癢癢的，接下來志穎竟然把他丟了出去！

「啊——」凱文心中**尖叫**着，閉上眼不敢看前方。

另一名隊友抓住了凱文，然後又把他丟向地上，凱文碰撞地面後彈了起來，碰到隊友的手後再次落在地上去……

凱文明白過來。他，變成「籃球」了！

他無法相信地在球內的世界發狂大叫，但沒有人聽見他的呼喊。

就這樣，他作為籃球繼續被「打」，總算是參與了

這場比賽。

比賽終於結束，凱文呼口氣道：「呵！終於可以不用**挨打**了！」

「我們還是輸了。」一名隊友說。

「唉，如果叫凱文過來，可能會獲勝呢！」志穎說。

「不，不！他來的話，我可不想來了。」另一名隊友說。

「對！他總是很霸道，又不是隊長，卻要大家聽他**發號施令**。」

「是啊！上次我沒聽他的指示傳球給他，他竟直接過來搶球！」

另一名隊友附和道：「凱文生氣時還會把球用力甩過來呢！幸好我躲開了！」

凱文聽着大夥兒七嘴八舌地說着他的壞話，氣得要命，不過現在的他只能強忍住怒氣。

「你們不要這麼說，凱文是我們很重要的伙伴，而且他作為前鋒的確非常**稱職**。」

凱文瞄一眼說這話的志穎，得意地想：還是有人知道我的好。

　　「雖然他脾氣是有點火爆……」志穎接着說。

　　「什麼有點火爆？簡直是火山，不知道什麼時候會爆發，一爆發就**不可收拾**，他這樣只會拖累大家！」

　　「對，對！隊長，我覺得你乾脆把凱文『踢』出籃球隊吧。」

　　「什麼？」凱文心中怪叫，「你才應該被『踢』出去！明明就沒有成功投過籃……」

　　誰知其他人全都舉手**贊成**，除了隊長和志穎。

　　隊長看一眼隊友們，說：「我跟顧問老師商量一下，以後再決定吧！」

　　「不行！為什麼要告訴顧問老師？我根本是籃球隊最重要、最不可或缺的隊員！你們不能把我趕出去！」

凱文叫着喊着的時候，大夥兒都散去了。

志穎抱着「他」，走向回家的路。

凱文悶悶不樂。

他真的很害怕被逐出籃球隊。

他常常不開心，是籃球這運動才讓他找回一點**樂趣**。籃球對他來說，是玩遊戲之外最喜歡做的事。

「為什麼大家都那麼不喜歡我呢？我脾氣是壞了點，但不至於那麼討人厭。對吧，志穎？」

凱文問着不可能聽到回答的問題。

這時志穎恰好經過凱文的家。

他停下來望向二樓窗户，那裏是凱文的房間。

「對不起，凱文，我幫不到你。我知道你很喜歡打籃球……」

志穎**垂頭喪氣**地離開了。

凱文不知為何心裏一陣觸動，説：「還是有真正關心我的朋友……」

他耳邊響起沫沫早上在學校對他説的話：
「發脾氣不只會讓大家遠離你，對你也不好。」

　　「呵！大家都怕了我，也不想跟我做朋友。」

　　凱文感到很**失落**，他第一次覺得發脾氣是不好的事。

　　「志穎，我才應該跟你説對不起。我今天不應該向你發脾氣……」

　　凱文想到這裏，眼前突然一陣晃動，他覺得有點暈暈的，眼睛**模模糊糊**，看不清東西。不一會兒，凱文眼睛又看得見東西了，他發現自己身處家中客廳！

　　「我什麼時候回到家了？」

　　「啊！我一定是變回人了！」

　　凱文耳邊突然傳來巨大的喀嚓喀嚓聲，他睜大眼四處亂瞄，發現母親正坐在角落的**縫紉機**前工作。

　　「喀嚓喀嚓！喀嚓喀嚓！」

聽着母親踩踏縫紉機的喀嚓聲，凱文開始覺得渾身無力，於是他朝母親嚷道：「喂！我肚子餓了！有沒有東西吃？」

凱文嚷完，才發現自己仍不是人！因為他完全發不出聲音！

「到底怎麼回事？我不是回到家了嗎？」

凱文**眼珠子**溜轉，然後，凱文看到了自己的「身體」。

他全身綠綠的，皮膚粗粗的，真醜怪。

當他兩隻眼珠子往前一瞧，他竟然看得到那凸起的大鼻子！

再往下望去，他的手有兩隻手指，腳則有四隻腳趾，手指和腳趾上都長着尖尖的爪……

凱文瞪大着眼，突然明白過來。

「我……我……我變成我最喜歡的玩具——暴龍了！」

凱文這一嚇**非同小可**，他可不想永遠不能說話，無法動彈，當個玩具擺在櫥櫃上啊！

第十三章
暴龍玩具的反省

沫沫與羅賓站在凱文家前方。

「計劃已經進行得差不多，接下來，還得看他們自己的表現！走吧，羅賓！」

羅賓搧着羽翅，飛到沫沫肩上，問道：「沫沫，你的助人計劃B真是讓我**大開眼界**！想不到你竟然想到讓那火爆小子變成籃球！哈哈！這下他應該不敢再隨便使用暴力了！」

「變成籃球並不在計劃之內，不過也算給了他一個教訓。而且，凱文是因為和母親之間溝通有問題，才會變得**脾氣暴躁**。追根究底，必須讓他們母子和解。」

「所以你讓他變成暴龍玩具？為什麼是暴龍玩具？」

沫沫聳聳肩，道：「其實只要是家裏的擺設

都可以。而且凱文的脾氣跟暴龍一樣壞，不覺得很適合嗎？」

「對啊！把火爆小子變成暴龍，真的太恰當了！沫沫你真是**天才**！」

「別亂說，我不是天才。」

「好，好，沫沫不是天才，是最努力的魔女！」

「這還可以。回去吧！還有最後一個步驟未完成呢！」

「什麼步驟？」

沬沬沒有應答，她打出手印，專注地吐出：「德起稀達，速！」然後以極快的速度朝無人行走的小巷奔去。

沬沬把注意力都放在執行助人計劃一事上，完全沒發現自己的一舉一動都被人看在眼裏。

「看吧！我早說了，她肯定違規助人！我猜呀，她可以跳級讀二年級，一定有什麼不可告人的秘密！」子研猜測道。

仕哲露出無所謂的神情，道：「她是有違規，不過她的魔法力的確比我們高，看來她的速度力應該有二階。」

「哼，不要以為速度力二階，我就追不上你！」子研不服氣地說。

兩人隨即施展速度力咒語，向沬沬和羅賓追去。

羅賓費力地搧動翅膀，急速飛向草地小屋，在一個轉彎處卻差點兒和沬沬撞個正着！羅賓在

沫沫身前不到五厘米的地方順利緊急「剎車」！

「哎喲！沫沫，你差點嚇死我了！可不可以不要突然擋在我面前？我的心臟雖然健康，但還是會承受不了的啊！」

「別說了！有魔侍跟着我們。」

就在剛才，沫沫回過頭看羅賓有沒有跟上來時，發現曬在巷子中的衣服擺動得很不自然。她立刻知道有魔侍使用了隱身力在**跟蹤**她！

羅賓尖尖的喙張得老大，驚訝得尾巴都縮了起來。

沫沫趕緊將羅賓藏於**衣袖**內，唸道：「拉浮雷雅，隱身！」

霎時間，沫沫憑空消失於牆邊。

過了一會兒，有兩股風力迅速閃過，接着，這兩股風力又倒回來。巷子中，現出了子研與仕哲的身影。

「不是說二階速度力也一樣可以追上嗎？」

說這話的，正是喜歡**調侃**子研的仕哲。

「呼！本來是追得上的，都是因為跟你說話，遲了幾步。」子研不服氣地回道。

「呵呵，追不上就追不上吧！我們的速度力還未達到二階，肯定是追不上的，沒什麼好丟臉。」

子研不悅地努努嘴，然後不得已地從懷裏取出她的修行助使。

「再告訴我怎麼可以找到那位**插班生**。」

布吉繞着他們飛了幾圈，緩慢地說：「西北偏……西……279點……9度……」

子研對照一下指南針戒指，對仕哲說：「走吧！遲了就真的不知道她對那男孩施什麼詭計了！」

「詭計？」仕哲傻眼，但不想多費唇舌和子研爭辯。

兩人飛快地衝出**巷子**，待他們的身影離去後，沫沫和羅賓才現出身來。

「沫沫，他們是什麼人？怎麼那麼沒禮

貌？」

「總之不是友善的魔侍，而且他們在打聽我怎麼幫助人類。」

「哎呀！那怎麼辦好？沫沫你是不能私自助人的！如果他們到魔法管理廳**投訴**，你可是會被懲罰的啊！」

「別擔心。他們應該沒有證據。」

「不，不！沫沫，既然他們知道你在幫人，那麒麟閣士也有可能會發現，萬一你被抓去可就糟了！」羅賓擔憂地嘀咕道：「不如我們現在就回去吧！」

「羅賓你就是愛操心。只要我使用那個不就行了？」

「使用哪個？」

沫沫自信地笑了笑，說：「不讓他們發現小屋的方法啊！」

「哦，你是説干擾磁場？」

沫沫點點頭，**催促**着：「得快點了，助人

計劃B還欠最後一個步驟呢！」

　　說着沫沫和羅賓急忙趕回草地小屋。

　　　　　　　　●　　　　　　●　　　　　　●

　　此刻的凱文正在氣頭上，奈何他動彈不得，因為他已經變成塑膠製成的「暴龍」。

　　「我怎麼會變成暴龍？到底怎麼回事？一定又是那個巫婆！氣死人！我到底哪裏得罪了她？要被這樣玩弄？一會兒變成籃球，一會兒變成暴龍！哼！臭巫婆，壞巫婆！哎呀！我不會就這樣一輩子吧？」

　　凱文害怕地想着，他這人不怕打罵，最怕不能自由地走動啊！

　　「怎麼辦？我不要變成這個樣子，即使是我最喜歡的暴龍也不要！」

　　凱文焦急地想，兩眼望向正在工作的母親，大嚷起來：「對了！媽咪！媽咪！媽咪——」

凱文拚命**扯開喉嚨**叫喊着，但母親不為所動，因為她根本聽不見凱文的求救聲。

叫了幾分鐘，凱文停下來。他知道無論怎麼叫喊，母親都不可能聽見。他失落極了，兩眼垂下盯着暴龍尖利的爪。

「難道我一輩子都是這個樣子？」

凱文抬起暴龍的小眼睛。暴龍玩具左邊擺放着幾個相框，最靠近他的，是他四歲時的照片。照片中的他笑得多**燦爛**、多可愛啊！

另一張是他和父母的合照，母親緊緊環抱着還不太會走路的他，看得出母親那時候非常疼愛他呢！

「真想回到小時候。以前的媽咪不會隨便罵我，不會罵我臭小孩，更不會叫我滾出去……」

凱文想到這裏，**眼淚**流了下來。平時因為不想讓人看見他軟弱的一面，他從來不在人前流淚，即使是母親也一樣。但現在他變成一個玩具，誰都不會注意到他，也不會發現他在哭，他

可以放心地哭了。

凱文不哭還好，一哭卻停不下來，淚水從眼睛流出來，流過暴龍粗糙的身體，滴到櫥櫃上。

他哭啊哭啊，哭了好久，直到他站的位置附近全都被他的淚水弄濕了。

不過凱文覺得一直壓在他心口的東西不見了，整個人舒暢起來。

看來他真的強忍了好多淚水在身體裏面，現在哭出來，舒服多了。

他眼睛濕潤地望着母親。

母親踩踏着縫紉機，發出「喀嚓喀嚓」的聲響，她的背影看起來好像很疲勞。不一會兒，母親停下來，右手伸向後背，用力地捶打了幾下。

「唉！好痠……」

母親從抽屜拿出一瓶藥酒，倒了些在手裏，塗在腰間來回揉捏。

母親繼續踩着縫紉機，才剛做好旁邊堆放的

布料，又急忙到廚房弄熱飯菜，之後趕緊清理客廳，掃掉滿地的線頭和灰塵，再仔細地抹乾淨地上和桌上的擺設、沙發、窗戶等等。

看着母親辛勞工作及做家務的樣子，凱文突然有點過意不去。

「媽咪每天都這麼累嗎？我怎麼從來沒發現……」

這時母親走了過來，一手把「它」拿起！

「媽咪發現我了嗎？媽咪！媽咪！我是凱文！」凱文*拼命叫喊*。

可惜母親只是把它拿起來仔細地擦拭。

「這個凱文，喜歡的玩具也不抹一下。」

母親嘮叨一番後，又把它放回原位。

「媽咪！你快看看，我是凱文！」

母親完全沒聽見，走到廚房去了。

等母親忙完**家務**和工作，已經接近晚上八點。

母親整個人鬆懈下來，躺在沙發上，點開遙

控器。

「終於可以坐下來追劇了。」

母親說着，兩眼專注地盯着電視熒幕。

追完劇，母親看看牆上的時鐘。

「這個臭小子，那麼晚還不回家？等他回來看我罵不罵他！」

母親接着到屋外收衣服、疊衣服。如此，又過去半個小時。

「還沒回家？」母親往籬笆外望了幾眼，「這孩子最好不回來！每天只會讓我操心，什麼都不會做。」

母親嘴裏雖然這麼說，臉上卻露出擔憂的神色。

她坐在客廳滑手機，滑着滑着，不小心打了個呵欠。一聽到開門聲，她馬上又醒過來，張嘴就說：「明天不用上學嗎？是不是不想唸書了？」

才說完，發現只是隔壁鄰居發出的開門聲。

「凱文不會真的離家出走吧？」

她焦急地走出籬笆外，離家幾個方向的道路都走了一遍，就是沒看到凱文的身影。

這麼一折騰，又過去半小時。

「怎麼辦？快十點了！這孩子從來沒試過這麼晚回家。難道是遇到什麼事？啊！他不會是——被拐走了？」

惠雲**兩眼驚恐**，趕緊打電話給在外地工作的丈夫。丈夫讓她別瞎操心，孩子可能只是在朋友家玩到忘記時間。可是惠雲無法不擔憂，眼淚止不住地流下。

「媽咪不是真的要你滾，媽咪是說氣話而已……你快回來吧，凱文！媽咪不可以沒有你，你知道嗎？」

凱文把這一切看在眼裏，心想：原來媽咪這麼擔心我……我好想變回原來的樣子，媽咪就不會擔心了……

第十四章
吐露心聲的筆記本

草地上的小屋內，沫沫正在一張紙上急速地寫着字。

羅賓在一旁好奇地看着沫沫寫的字，把字唸出來：「真想……回到……小時候。以前……的媽咪不會……隨便罵我……」

原來沫沫將凱文剛才心裏想的話，統統寫進一張特製的牛皮紙——複製紙上。

這張複製紙是沫沫今年生日時，跟農叔去魔法用品商店購得的稀有物品。它能將魔待寫於上面的文字，複製在想要顯現的地方。

此刻，凱文家客廳有一陣風吹拂過，將桌上的筆記本吹得掀開來了。本子上一個字、一個字憑空呈現。

原來沫沫正透過複製紙，把文字顯現在凱文

118

的筆記本上！

　　惠雲哭着哭着，想拿紙巾抹鼻涕時，發現了打開來的小本子。

　　她拿過來看看，説：「這是凱文的？」

　　惠雲這時看到上面顯現的文字，唸道：「真想回到小時候。以前的媽咪不會隨便罵我，不會罵我臭小孩，更不會叫我滾出去。」

　　「我記得四歲的時候，有一次我打翻了媽咪的飲料，她不但不生氣，還擔心地過來看我有沒有受傷。可是現在完全不一樣了，前天我喝果汁時不小心滴在桌上，媽咪就説我故意讓她累死，還用手拍打我的頭。」

　　「還有一次，我打籃球弄髒了衣服和鞋襪，媽咪竟向我發脾氣，還把我的髒衣服丟掉，害我沒有球衣，被教練罰跑操場。」

　　「我覺得媽咪一點都不愛我。」

　　「那麼討厭我，為何要把我生下來？」

　　「真想早點離開這樣的家。」

「不如我就這樣消失吧！」

惠雲看着看着，雙手顫抖起來，喃喃唸道：「消失？難道凱文⋯⋯會去尋死？」

惠雲一下腳軟，跌坐在地上。

「我⋯⋯原來我説了這麼多過分的話，還對凱文做了那麼可怕的事⋯⋯」

「我只是覺得好累好累，每天在家忙不停，沒人理解我的辛苦⋯⋯不過這都不是對你發脾氣的藉口。媽咪即使身體再痛再累，也不能這樣對你。凱文，媽咪會好好反省自己，不再對你亂説話。你快點回來，好嗎？」

「媽咪很後悔沒有好好對你説話，聽聽你的想法⋯⋯」

「只要你回來，媽咪一定會改掉⋯⋯」

惠雲眼淚直流，這時門外突然有一陣腳步聲。惠雲兩眼瞪大，衝過去開門。

門開啟了，凱文就站在她面前。惠雲什麼都沒説，一把將孩子攬進懷裏！

凱文在母親緊緊的擁抱下，有點透不過氣，頭往後仰，道：「媽咪，對不起——」

　　「是媽咪不好！對不起！對不起……」

　　凱文就這般靜靜地讓母親擁抱着。

　　他已經好久沒有跟母親抱抱了。

　　此時，草地小屋內的沫沫和羅賓欣然地笑了。

　　「會溝通就沒什麼大問題了。」沫沫說。

　　「嗯！**愛是一家人和睦的良藥**。只要體會到對方對自己的愛，一定能跨過這個難關的！」羅賓朝沫沫眨眨眼道。

　　沫沫吸了口大氣，道：「能幫到他們真好！」

　　羅賓突然**打了個嗝**，接着驚呼道：「沫沫！你剛剛同時用了變形緞帶和搬運緞帶對嗎？」

　　沫沫點點頭，隨即說：「不用那麼大驚小怪，同時使用兩種緞帶並不難。」

　　「唉！我不是這意思，我是說你花兩條搬運

緞帶，把變成籃球的凱文搬運到屋裏，再把從暴龍變回去的凱文從屋裏搬去屋外，不覺得太浪費了嗎？」

「哦，把凱文變成籃球不在計劃中，是臨時想到的，所以多用了一條搬運緞帶。不過，只要可以自然地使用緞帶，不讓人**起疑**，就不算浪費。」

「不，不，不！我要說的是，你還有搬運緞帶嗎？」羅賓**睜大眼睛**，着急地問道。

沫沫想了想，說：「我這次只來得及提煉三條搬運緞帶。一條將煉藥小屋從濕地家園搬到草地上，兩條用在計劃B。」

「那就是說，三條都用完了？」

沫沫攤了攤手，說：「嗯。」

「這可是大問題！沒有了搬運緞帶，不是沒辦法把小屋搬回去嗎？我們要怎麼回去濕地家園？」

「羅賓你就是愛操心，我趕緊提煉一條不就

行了？」

　　說着沫沫走到煉藥枱後方的魔藥收存櫃，迅速地打開好幾個抽屜，從裏頭取出雪貂的指甲、麋鹿鹿角的皮屑、千年黑石岩的粉末、梅子魚的鱗片⋯⋯

　　距離草地小屋五百米外的街頭，子研及仕哲正暈頭轉向地尋找草地上的小屋，但無論他們怎麼走，就是看不到之前的小屋。

　　仕哲**累得走不動**了，他拉住子研，道：「放棄吧，子研！我們走來走去又繞回原來的小巷，你的指南針是不是出了問題？」

　　「不可能！我這戒指指南針可是爸爸好不容易，才讓魔法用品商店的毛姆小姐幫我訂購到的，還是限量版，全世界只有三個，不可能有問題！」

子研忍不住停下來**喘口氣**，突然她似乎想到了什麼，瞪大眼睛說：「我知道了！她一定使用了擾亂磁場的魔法力！比如她應用了質變力，把小屋附近的東西轉換成金屬，以干擾指南針的方向！」

「噢，原來如此。可是——她發現我們了嗎？」仕哲問。

「應該不可能。」

「既然她沒發現我們跟蹤她，怎麼會無端端使用干擾磁場的質變力？」

「那又有道理……」子研歪着頭想了想，「或許還有其他人要找她，又或是布吉算錯了方位——」

仕哲**晃晃頭**，未等子研說完即應用飛行力，呼的一聲飛到巷子上方，然後低頭對她說道：「你慢慢找吧！魔法用品商店快關店了，我沒辦法繼續陪你浪費時間。」

接着他往空中移動，並隱去了身影。

「不！等等我啊！我未買斗篷呢！我可不想穿着舊斗篷去學校！」

子研匆忙施展咒語跟上去，還差點兒撞上伸出窗台外的晾衣架呢！

此刻，屋內的凱文對母親說：「媽咪，你知道嗎？我遇見巫婆了！就在不久前，我被巫婆變成了暴龍玩具，還站在那個櫥櫃上面！」

母親惠雲驚異地望向櫥櫃的暴龍玩具，卻發現它趺在了地上。

她過去撿起玩具，放進凱文懷裏，道：「如果真的有這樣的事，就叫巫婆幫我打掃房子，減輕媽咪的負擔也不錯啊！」

「媽咪，我不是開玩笑，真的有巫婆！」

「好，好。巫婆長什麼樣啊？」

「她長得很好看，像洋娃娃一樣，不過她

的眼睛可以一隻朝上，一隻朝下，像變色龍那樣。」

「哈哈，那她可能不是巫婆，而是——」惠雲扮着可怕的模樣，**煞有介事**地説：「變色龍妖怪！」

「不是妖怪，是巫婆！」凱文連忙否認。

「好，好。是變色龍巫婆！」惠雲只當凱文在逗她，笑着説：「好了，媽咪煮了你喜歡的三文魚炒飯，你一定餓了吧？你可從來沒試過那麼晚還未吃飯的！」

惠雲匆匆忙忙走向廚房，凱文嘟起了嘴。

他看着手中的暴龍玩具，狐疑地説：「難道一切都是我的幻想？」

凱文過去查看櫥櫃，發現櫥櫃上還留着他剛才滴下的淚水*痕跡*。

「不！我肯定有變成暴龍玩具！」

凱文決定要找到那草地小屋，他要證實這不是幻想！

第十五章
召喚羅賓

　　沫沫正專注地在煉藥枱提煉搬運緞帶，羅賓在旁極度不放心地嘮叨着被人跟蹤的事。

　　「到底那兩個孩子是誰呢？為什麼會注意到我們？」

　　見沫沫沒有反應，羅賓繼續問：「該不會是麒麟閣士吧？噢，不，不。他們看起來年紀那麼小，絕對不可能是麒麟閣士。沫沫你說對嗎？」

　　沫沫還是沒有回應。

　　「不過啊！他們是肯定找不到這裏的。沫沫你可是使用了質變力，將附近的樹木化成鐵。不管他們使用多麼好的指南針，也找不到這裏！」

　　「沫沫你就不想知道他們是誰嗎？怎麼不用隱身力『反跟蹤』他們，查探出他們的身分？」

　　沫沫這時抬起頭瞟一眼羅賓，問：「你忘了

農叔說多晚都要等我回去吃飯嗎？不趕快提煉好搬運緞帶回去，他可能真的會餓暈！」

羅賓瞪大眼睛，道：「對啊！這農叔平常不但吃得多，還很快餓呢！萬一我們**半夜**才回去，呼！我敢肯定他已經暈倒了！」

羅賓說着，趕緊過去煉藥枱幫忙加熱爐火。

這時綠水石突然發出奇怪的警示聲：「唧唧！唧唧！唧唧！」

羅賓驚訝地問道：「發生什麼事？誰有危險啦？」

綠水石擁有預示**危險**事件的魔力，但警示聲從來沒有在沫沫執行助人計劃時響起。沫沫還是頭一遭聽見警示聲呢！

沫沫第一時間衝去綠水石旁，盯着綠水石內的小凱文正跑向一條公路。而公路的另一端，有一輛飛快行駛的電單車……

「出事了！」

魔女沫沫馬上將魔法移行緞帶扔向半空！

「蓬」的一響，沫沫**憑空消失**了！

「這孩子！竟然留下我自己走掉！萬一出事了怎麼辦？唉！沫沫你就是太熱心……」

羅賓口裏雖嘀咕不停，身子卻急速飛出窗外，朝清亮無雲的夜空飛去。

魔女沫沫使用了魔法移行緞帶**瞬間移動**，來到了十字路口前。

她站在樹梢上俯視四周，看見正跑過來的凱文，還有那即將來到紅綠燈前的電單車。

紅綠燈亮着綠色訊號燈，魔女沫沫來不及變幻紅綠燈訊號，也來不及使用定身力（即讓物體定住無法移動的魔法力）來讓凱文止住腳步。魔女沫沫**臨急之際**，將手置放於心臟部位，閉上雙眼，衝向凱文的位置……

眼看電單車就要撞上凱文的一瞬間，一個物

體從天空俯衝過來，「嗖」的一聲，那物體和凱文都不見了。

電單車司機停下來**前後顧盼**一番，發現剛才差點兒撞上的男孩居然不見了蹤影！馬路上冷冷清清的，沒有半個人影。

他頓時打了個**冷顫**，驚呼：「完了！我竟然『撞鬼』！」

司機趕緊發動電單車，快速逃離現場。

第十六章

可怕的魔女

一團火球衝進空地小屋的窗戶，玻璃「砰」地破裂開來，火球跌落客廳地上。

火球漸漸熄滅，這時可見魔女沫沫和凱文都倒在了地上。而在他們身邊的，是拼命煽去尾巴上殘留火苗的羅賓。

沫沫拍了拍裙子沾上的「火苗」，把火拍熄，她對羅賓說：「謝謝你了，羅賓。」

沫沫說完，又趕緊幫凱文拍去頭髮上沾着的小火星。

這時的凱文一臉恍惚，呆呆地望着眼前的沫沫和羅賓。

「不用謝我，身為魔女的修行助使，我擁有的火箭沖魔法力就是該在這種時候用的！我還得謝謝你召喚我過來呢！」

原來每位魔女或魔子的修行助使，都擁有某種特殊的魔法力，而羅賓的魔法力則是火箭沖。當修行中的沫沫處於**危急情況**，只要她將手置於心臟部位，羅賓即能感應沫沫的召喚，瞬間來到沫沫身邊，並運送沫沫到安全之地。

　　「其他事就交給你了，沫沫。我現在，只想……睡……」

　　羅賓未說完，身體突然**僵直**起來。沫沫見狀，便快速取來椅子上的靠枕，放在羅賓身後。下一秒，羅賓已直挺挺地往後倒下，癱在靠枕上昏睡過去。

　　「牠……牠怎麼了？」凱文看到羅賓倒下，突然清醒過來，問道。

　　沫沫搖搖頭，道：「牠沒事，剛才使用火箭沖**消耗**太多能量罷了，睡一下就好。」

　　「火箭沖？那是什麼？是……魔法，對吧？剛剛我好像聽到什麼魔法。對了，為什麼鳥會說話？你們到底是什麼東西？」凱文雖然問得支支

吾吾，但顯然他還是理智的。

「你也聽到了，」沫沫指着昏睡中的羅賓，「牠是我的修行助使，當然不是普通鳥兒。牠叫羅賓，是魔女的修行助使。」

「魔女？你……是魔女？」凱文赫然張大巴嘴，接着，他不禁朝自己臉上用力揑了一下。

「哎喲！」凱文痛得放開了手，呆呆望着沫沫，「這……不可能是真的……」

凱文不能置信地晃晃頭，他可不想看見魔女，而且世界上怎麼可能真的有魔女存在呢？

此時，凱文耳際突然響起曾經聽過的一首歌謠：

潘朵拉的盒子開啟了
在東方最隱秘的森林
魔女狂妄起舞
酷暑夏至來臨

眾星繞月之時
傲慢人類承受浩劫

「潘朵拉的盒子⋯⋯魔女⋯⋯真的有魔女⋯⋯」凱文**默誦**着。

沫沫眼神銳利地盯着凱文，神秘地説：「能遇見魔女，是很幸運的事。」

凱文看着模樣詭異的沫沫，不期然地向後退開。忽然，他記起今天在學校發生的怪事，恍然大悟地説：「不！遇見你會倒霉才對！是你害我全身痛！還把我變成暴龍玩具！你太可怕了！」

沫沫指着自己的臉，道：「我剛剛才幫你逃過一劫，為什麼可怕？」

「魔女就是可怕的！你是可怕的魔女！救命啊！」凱文**踉蹌**退到門邊，把門打開，頭也不回地跑出去。

沫沫看着凱文漸漸消失的身影，感到非常困惑。

「可怕……我是可怕的魔女？」

沫沫走到鏡子前望着鏡中人，冷酷的眼神流露出疑惑和失落，喃喃自語道：「我長得可怕嗎？我只是想幫助人類，人類為什麼會覺得我可怕？」

沫沫腦海浮現出一位慈祥而溫柔的女子，那是她的母親。母親微笑着對她說：「沫沫，你要記住，魔侍絕對不是可怕的族羣。你要向世人證明這一點，去幫助人，用你自己的方式去做。」

「是的，魔侍並不是可怕的族羣。我們跟人類和平共存於這個世界，並幫助人類糾正世界上一切不正確的事物……人類何以這麼害怕我們？」

沫沫困惑地望向羅賓，似乎在等着羅賓回應，但昏睡着的羅賓當然沒辦法給她解答。

第十七章
危險逼近

距離草地小屋上方的天空，似乎有一些異樣。

皎潔的明月周邊突然聚集了許多**烏雲**，層層疊疊的烏雲移動得很快，彷彿狂風吹過，緊接着，雲層中飛出兩個人影！

兩人迅速飛行於烏雲底下，乍看好像兩隻飛翔的鳥兒。

他們一邊飛行一邊往下查看。

其中一人說：「剛才明明感受到有人使用火箭沖，怎麼不見了蹤影？」

「應該還在附近，走，去那邊看看。」

兩人繼續飛行**巡視**，然後他們往沫沫所在的小屋位置俯衝下來！

此刻在屋裏的沫沫發現綠水石罕有地發出

淡綠色的警示燈號，這表示有危險在靠近沬沬，沬沬必須趕緊逃離！可惜沬沬尚未提煉好搬運緞帶，沒辦法將小屋搬運回去濕地家園。如果她自己逃走，煉藥小屋被發現了，可是會連累嚴農的啊！

危險越來越靠近了，沬沬在情急之下匆匆比手印唸道：「奪拉多斯，隱去！」

那兩人飛到草地上，往小屋的方向望去。

他們看到的，是一片空蕩蕩的草地。

其中一人撓了撓有點**凌亂**的頭髮，說：「剛剛聽到一些聲響，好像有人在唸咒語。」

「你的意思是，有人使用了隱形力？」

「啊……我其實並不確定。」

另一人皺了一下眉，似乎對伙伴的**迷糊**感到不耐煩。

「走吧！去看看。」

沬沬這時隱身伏在小屋的窗邊，她看着從遠方走過來的兩個人，內心撲通撲通地跳個不停。如果

羅賓剛才沒有使用火箭沖，現在就能保護沫沫。但如今，羅賓昏睡在地上，一時半刻都醒不來啊！

「怎麼辦？我該怎麼做才好？農叔……我們會被發現……」

沫沫手心滲出汗來，焦急地呆在原地。

兩人一步步地走近小屋……

「奇怪，真的是草地哦！」其中一人在小屋所在之處用力**踩踏**草地，說道。

「看來你又聽錯了！南德！」

名為南德的人抓抓後腦勺，臉紅起來，道：「我又聽錯了嗎？嘻嘻，不好意思啦！葛司。」

葛司與南德是魔侍的麒麟閣士。麒麟閣士是魔侍世界的特殊團隊，隸屬於魔法管理廳，負責巡邏及視察人類世界，防止魔子與魔女在這裏任意使用魔法力，**暴露**魔侍行蹤。若有違規者，麒麟閣士就會將他們抓起來，送去魔法懲戒部審理。

葛司撇撇嘴，道：「**以防萬一**，還是清理

吧！」

　　說着葛司口中唸唸有詞：「科勾得司火特雅，燒！」草地「嘭」的一響，燃起熊熊大火，很快就把這片草坪燒盡。

　　「走吧！」

　　嗖嗖兩聲，兩人已飛上天，變成兩個黑點，瞬間消失了。

　　此刻的煉藥小屋究竟在哪兒呢？

　　原來在麒麟閣士來到魔女沬沬的煉藥小屋之際，嚴農發現綠水石發出警示燈號，他隱身後立即用移行緞帶移動到煉藥小屋後方，並使用魔法搬運緞帶，將煉藥小屋瞬間移到濕地家園！

　　嚴農匆匆走進小屋。這時沬沬的隱形力已失效，嚴農看到窗台邊的沬沬及倒在地上的羅賓，冷酷的臉龐閃過一絲憂慮，道：「要不是我及時

把煉藥小屋搬運回來，那些『護衛兵』早就發現沫沫你了！」

嚴農向來不喜歡麒麟閣士，因此他戲稱他們為護衛兵。

沫沫知道這次是自己**大意**，她說：「對不起，農叔！這次我使用了太多次搬運緞帶，下次我會注意，絕對不讓這樣的事發生！」

嚴農見沫沫**道歉**了，臉色有些不自然，他歎口氣道：「我等你吃飯等得不耐煩了！你明知道我肚子餓就心情不好。」

「噢，你一說我才發現自己也餓了！」

沫沫難得調皮地吐了吐舌頭。

嚴農皺一下眉頭，道：「那還不快去吃？」

沫沫一邊跟着身形高大的嚴農走向濕地家園的「家」，一邊向他報告執行助人計劃的過程，嚴農也少有地展現了溫暖的笑容。

濕地家園傳來愉快的交談聲，沫沫這一回的助人計劃，圓滿落幕！

下期預告

沫沫準備去魔法學校報到了，途中她遇見被同學欺負的人類阿秋。

總想着幫助人類的她由於要遲到了，沒辦法對阿秋施以援手。

初次來到魔法學校的沫沫結識了許多有趣的魔侍，有熱心助人的米勒、總愛找不同修行助使的咕嚕咚、知曉她身世的校長、愛找她麻煩的子研、愛欺負米勒的志沁、不懷好意的學長學姐等。

魔法學校充滿各樣未知的新奇事物和挑戰，還有會死死纏住人的看守藤蔓，沫沫卻還想着如何躲避藤蔓出去幫助阿秋⋯⋯

想與沫沫一起探索魔法世界？
請看《魔女沫沫的另類修行2》！

魔女沫沫的另類修行 1

魔女不可怕

作　　者：蘇飛

繪　　圖：Tamaki

責任編輯：葉楚溶

美術設計：李成宇

出　　版：新雅文化事業有限公司

　　　　　香港英皇道499號北角工業大廈18樓

　　　　　電話：(852) 2138 7998

　　　　　傳真：(852) 2597 4003

　　　　　網址：http://www.sunya.com.hk

　　　　　電郵：marketing@sunya.com.hk

發　　行：香港聯合書刊物流有限公司

　　　　　香港荃灣德士古道220-248號荃灣工業中心16樓

　　　　　電話：(852) 2150 2100

　　　　　傳真：(852) 2407 3062

　　　　　電郵：info@suplogistics.com.hk

印　　刷：中華商務彩色印刷有限公司

　　　　　香港新界大埔汀麗路36號

版　　次：二〇二一年七月初版

　　　　　二〇二三年六月第二次印刷

版權所有‧不准翻印

ISBN: 978-962-08-7817-6

© 2021 Sun Ya Publications (HK) Ltd.

18/F, North Point Industrial Building, 499 King's Road, Hong Kong

Published in Hong Kong SAR, China

Printed in China